큰글
한국문학선집

김내성 장편소설

실락원의 별 3

일러두기

1. 이 책은 김내성의 장편소설로 『경향신문』에 1956년 6월부터 1957년 2월까지 연재된 소설이다.
2. 이 책(큰글한국문학선집 058: 김내성 장편소설)은 제작 의도에 따라(큰글로 편집) 분량이 많은 관계로 큰글한국문학선집 058-1, 058-2, 058-3으로 분권하였다.

실락원의 별(큰글한국문학선집 058-1)

실락원의 별 3

(큰글한국문학선집 058-3)

26. 아내의 抗議[항의]

시장에서 돌아온 부인과 함께 강교수가 혜화동 아들네 집을 찾은 것은 이럭저럭 한 시간 후가 되었다.

오후 네 시가 가까운 무렵이었다. 학교에서 돌아온 경숙이는 동생 셋을 데리고 건넌방에 옹기종기 모여 앉아서 안방에 있는 어머니의 동정만 조용히 살피고 있었다.

이상하게도 아이들은 경숙의 말을 곧잘 들었다. 서라면 서고 앉으라면 앉고 놀음에 팔려 떠들어 대다가도 경숙이가 시선만 조금 추켜도 금방 조용히 했다. 어머니나 아버지가 허수로이 취급하기 시작한 이 가정의 보호와 옹립을 위한 책임과 사명을 열 일곱 살인 경숙이가 무언 중에 짊어진 형식이 되어 있었다.

그때, 옥영은 안방에서 편지를 쓰고 있었다. 남편이 돌아오면 볼 수 있도록 현재에 있어서의 자기의 심경을 솔직하게 표현한 글이었다. 그리고 그것이 끝나면 경숙이와 정릉 시부에게도 간단한 편지를 써 놓고 남편이 돌아오기 전에 집을 나갈 작정을 하고 있는데 시부모가 들어선 것이다.

옥영은 얼른 편지를 서랍 속에 집어 넣고 시부모를 맞이하였다. 기가 차서 들어서는 시부모의 기색에서 옥영은 이미 남편의 사건 때문에 온 것을 알고 있었다.

시부모는 얼떨김에 순서 없이 남편의 이야기를 단도직입으로 물어오는 데 대해서 옥영은 극히 침착한 태도와 어조로 지나간 일을 조리 있게 쭉 설명하였다.

「원 이런 변이 어디 있노? 다른 사람이면 모르지만 네 남편이 설마 이럴줄이야 꿈엔들 생각했겠니……?」

시부모는 이야기를 들어가는 도중에도 이 말을 수 없이 되풀이했다. 적어도 자기 남편 강학선 교수의 아들이 아니냐고, 남편을 믿듯이 아들의 굳건한 인간성을 믿고 있던 시모인만큼 하늘에서 벼락이라도 내린 것처럼 늙은 이는 당황하고 있었다.

「음, 네 고생스런 마음이나 또 네 거북스런 처지를

잘 알았다.」

오랜 침묵 후에 강교수는 신음하듯이 말하며,

「너를 대할 낯이 내게는 이제 없다. 적어도 내 아들만은, 인간의 성실만이 인간을 구할 수 있다고, 내가 그처럼 고창하면서 길러낸 내 아들만은 믿었었는데…… 뭐라고 너를 위로할 말이 없는 것을 한탄할 뿐이다.」

침통한 표정이 늙은 강교수의 주름진 얼굴을 무겁게 덮어 왔다.

「그렇지만 이런 때일수록 마음을 단단히 먹어야 한다.」

시모가 위로를 하며,

「나라가 어지러워졌을 때 충신이 나는 것처럼 집안이 평안치 못할 때 열녀가 나는 법이란다. 애 아범이 과히 미련하지 않은 위인이니 이제 모든 것을 청산해 버리고 돌아올 때까지 아이들을 생각해서라도 마음을 가라앉히고 가정을 지켜야지.」

「어머니 말씀이 지당하신 줄을 잘 알고 있어요.」

옥영은 고개를 소그듬히 숙이고 조용히 대답했다.

「암, 그렇고 말고! 네가 엔간한 사람이라고 내 말을 못 알아 들으련만도……」

『그렇지만 어머니.』

옥영은 시선을 들어 시모를 바라보고 나서,

『미련하고 못나서 그런지는 몰라도 저는 아무리 기를 써도 마음을 단단히 먹을 수가 없어요. 저로 하여금 마음을 단단히 가지도록 한 원인이 남편의 애정에 있었는데, 그것을 잃어버린 오늘, 무엇을 가지고 마음의 기둥을 삼으라는 말씀이신지…… 원인 없는 행동을 저는 취할 수가 없어요. 그런 의미에서 저는 열녀도 되고 싶지 않고 현모 양처도 되고 싶지 않아요.』

강교수 내외는 적이 놀라는 표정으로 서로의 얼굴을 바라보았다.

『그래도 너……』

시모는 마음의 놀람을 억제하며,

『널더러 열녀가 되라는 건 아니지만 너는 네 남편의 아내인 동시에 네 아이의 어머니가 아니냐……?』

『그건 저도 잘 알고 있어요.』

『알고 있으면서 그런 말을 하면 어쩌니? 아버지의 사랑과 보호를 이전처럼 못 받게 된 자식들을 위해서 이런 때 일수록 아버지의 몫까지 어머니가 도맡아야만 할 텐데…』

「도맡을 기력을 저는 잃어버리고 있어요.」

「안될 말이다. 마음을 굳세게 먹어야지. 집안이 이처럼 어지러워진 경우에 다른 사람들이 어떻게 일을 처리해 왔는지, 너도 잘 알 것이 아니냐? 모두가 다 아이들을 생각하고 가정을 지켜 왔단다. 그것이 소위 모성애라는 건데……」

「어머니의 말씀 잘 알아 모시고 있지만, 그리고 부모님 앞에서 너무도 당돌한 말 같지만 그리고 또 제게도 그만한 모성애는 있지만, 그렇지만 세상의 아내들이 모두가 다 그렇게 한다고 해서 저도 따라 할 수는 없어요.」

「무슨 말인지 도시 알 수가 없구나. 너처럼 얌전하고 똑똑한 사람의 입에서 그런 말이 나올 줄은 정말 몰랐다.」

「어머니, 용서하세요.」

옥영은 고개를 숙이고,

「제가 그이와 결혼한 것은 단지 밥이나 벌어다 주는 경제적 보호를 받기 위해서 한 것도 아니고, 또 자식을 낳아서 모성애를 발휘하고 그 모성애 속에서 행복을 구하고자 한 것도 아니었어요. 오직 한 가지 영원히 변함이 없는 남편의 애정이 소중해서 결혼을 한 것이었어요.」

「그야 그렇겠지만……」

논리의 궁핍을 느끼고 시모는 시부의 표정을 언뜻 바라보았다. 그러나 강교수는 시종 여일하게 침묵을 지킬 뿐이었다.

「가정을 지킨다든가 자식들을 보호하고 양육한다든가 하는 것은 다른 이들은 몰라도 적어도 제 결혼 목적이나 결혼 의식 속에는 없었어요. 있다면 그것은 다만 남편의 애정을 차지하기 위한 하나의 부수적인 결과로서 밖에는 없었어요. 이런 말은 아이들이 들으면 저를 냉혈동물이라고 원망할런지 모르지만…… 그것도 하는 수 없는 일이예요. 저는 지금 한 여자로서의 숨김 없는 결혼 목적을 말하고 있는 것 뿐이예요. 진실을 말하고 있을 따름이예요.」

사실 건넌방에서는 경숙이가 그 말을 귀담아 듣고 있었던 것이다.

「네 생각을 잘 알겠다.」

오랜 침묵 끝에 강교수가 비로소 말을 받아 왔다.

「네 생각을 잘 알지만 한 가지 말해 두고 싶은 것이 있다.」

「아버님의 말씀을 듣고 싶읍니다.」

옥영은 고개를 들었다.

「인간에게는 인류의사(人類意思)라는 것이 있다. 자기의 연장을 바라는 종족보지(種族保持)의 의사가 그 하나요, 인간의 번영을 바라는 문화보지(文化保持)의 의사가 그 둘이다. 그것은 인류의사인 동시에 우주의 의사요, 신의 의사라고도 볼 수 있다. 이러한 입장에서 본다면 결혼은 목적이 아니고 인류의 수단인 셈이 되는 것이다. 마음의 고생이 이루 말 할 수 없을 지금의 너에게 이러한 우원한 이야기가 보탬이 되기는 어렵겠지만 생각의 키를 조금이라도 돌려야만 할 너에게 다소라도 도움이 되면 하고 말이다.」

「저 역시 제 마음의 키를 돌릴 수만 있다면 돌려 보고 싶읍니다.」

「그렇다면 좋아. 역시 너는 너 자신을 다룰 줄 아는 총명을 가진 사람이다.」

이 며느리의 똑똑함과 얌전함을 강교수 내외는 다시 한 번 발견하고 있는 것이다.

「결혼이 인생의 목적이 아니고 수단일진대, 오늘의 네 남편의 불미로운 행실에서 받는 네 마음의 타격을 다소라도 무마할 수 있을까 해서 하는 말인데…… 그러한 인류의사를 존중하여 너의 연장을 의미하는 아이들의 양육을 위하여 삶의 힘을 얻어야 하겠고 가정을 지킨다는 문화적 사명을 느껴야만 한다는 말이다.」

「아버님이 말씀하시는 뜻을 알아 들을 것 같읍니다.」

「고마운 말이야. 옛날부터 방탕한 남편을 지닌 뭇 아내들이 곧잘 고규를 지켜 왔지만, 그리고 요새 사람들은 그것을 오로지 봉건 사랑의 희생물처럼 여기고 아내들의 굴욕적인 노예생활로서 간주하고 있지만…… 아니, 그것도 물론 있을 것이다. 그러나 내가 보는 바에 의하면 그렇게만 단정해 버리기에는 좀더 숭고한 정신이 그들에게 깃들어 있었다고 생각되는 것이다. 좀 더 커다란 인류의식, 좀더 엄숙한 인간애의 사도(使徒)로서의 사명을 절실히 느끼고 자식과 가정을 지키는 데 엄숙한 긍지를 갖고 살아 왔다고 믿고 싶다. 남편의 애정을 잃었다는 데서 오는 허무와 비굴의 감정보다도 가정을 지키고 어떤 생명들을 보호 양육하는 문화사적(文化史的)인 사명과 숭고한 모성애 속에서 자기 자신의 가치를 지극히 높이 평가하면서 살아 왔다고 생각하고 싶다는 말이다. 결국 그들은 인류의사의 실천자들이었다. 인생의 수단인 소아적인 결혼 의식을 지양(止揚)하고 그의 목적인 좀 더 커다란 대아적인 사명을 다해 온 것이다.」

거기서 강교수는 잠깐 말을 끊었다가.

「현재의 네 다급한 감정으로서는 이런 말이 잘 들리지 않을런지 모르지만 네 마음의 키를 조금이라도 돌리는데 도움이 됐으면 하는 생각일 뿐이다.」

「아버님 말씀 감사합니다. 저 역시 그렇게 생각해 본 적도 없지는 않아요.」

옥영은 방바닥을 손가락으로 **빡빡** 문지르면서,

「그렇지만 제가 그런 심경에 도달하기에는 많은 노력과 오랜 시일이 필요할 것 같아요. 또한 노력을 해서 그렇게 될런지도 의문이예요. 제 남편이 이래서는 안되겠다 안되겠다 하면서도 결국은 영림을 버리지 못하는 것처럼 저 역시 아버님의 말씀이 지당하신 줄을 알면서도 결국은 그렇게 하지 못하는데 인간의 약점이 있는 것 같다는 말이예요.」

「물론 노력을 해야지. 당장 되는 일이 아니니까……」

「그러나 저는 그렇게 까지 노력하고 싶지는 않아요.

아버님은 인류의사니 신의 의사니 하는 말씀을 하셨지만 따지고 보면 저는 신을 생각하기 전에 인간을 생각하고 싶고 인류를 생각하기 전에 김옥영이라는 개인을 생각하고 싶을 따름이예요. 신이 있고 인류가 있었기 때문에 김옥영이가 있는 것이 아니고, 김옥영이가 있었기 때문에 신이 있고 인류가 있는 거니까요.」

「어서 말을 해 봐라.」

강교수는 점점 난처함을 깨닫기 시작하였다. 총명한 여성이라고는 생각하고 있었지마는 그 총명이 이러한 종류의 논거(論據)를 지니고 있는 줄은 전혀 모르고 있던 강교수 내외였기 때문이다.

「당돌하다고 꾸지람하실 것을 모르는 바는 아니지만 저는 아버님께 하나만 여쭙겠읍니다.」

「좋아.」

「아버님께서는 어머님과 결혼하실 때, 인류의사의 실천이라는 생각을 가지고 하셨는지, 그것이 알고 싶읍니다.」

「음………」

강교수는 불현 듯 옆에 앉은 부인을 바라보았다.

「아버님께서는 어머님을 사랑하시면서 결혼을 하셨

다고 들었읍니다. 그러한 결혼에 있어서 아버님은 과연 어머님을 귀애하신 애정이 한낱 수단이었고 종족보지와 문화사적인 사명을 목적으로 의식하셨는지, 그것이 알고 싶읍니다. 이 말은 또한 어머니에게도 하는 물음이예요.」

「글쎄 나야 뭐 아느냐만…… 결혼을 하여 애를 낳고 단란한 가정을 가지겠다고 생각하는 건 인정이 아니겠느냐?」

시모의 대답이었다.

「아냐요, 제가 드리는 말씀은 처음부터 애정 없는 결혼을 말하는 것이 아냐요. 어머님과 아버님의 경우나 또는 저희들의 경우처럼 애정을 토대로 하고 이루어진 결혼에서 말이예요. 이러한 애정 결혼에서 과연 자식을 낳고 가정을 이룩하는 것을 주목적으로 생각하시고 애정을 다만 그 수단으로서 의식하셨는지, 그 말이예요. 제 솔직한 경험을 말씀 드리면 저는 남편의 애정 그 자체가 목적이었어요. 그 애정의 결과로서 오는 결혼이라든가 출산이라든가 가정이라든가 하는 따위는 결코 목적이 아니었으니까요. 다만 그러한 결과로서 오는 결혼, 출산, 가정이라는 것이 남편의 애정을 독점하는 좋은 유대(有待)가

되고 울타리가 될 수 있는 것이니까 그것을 구태여 거부하지 않고 허용했을 뿐이었어요.」

「음, 알 수 있는 말이다. 그러나 인간에게는 자기의 대를 이어 나가고 싶어하는 본능적인 욕망이 잠재해 있는 것인데……」

「그러니까 그것은 모든 생물에게 부여된 하나의 잠재의식일 뿐, 인간의식 위에는 그것이 주목적으로 나타나 주지를 않는다는 말씀이예요. 제 생각이나 성품으로서는 더우기나 그래요.」

강교수는 마침내 대답을 잃고 말았다.

「모르기는 하지만 아버님과 어머님도 저희들과 마찬가지였을 거라고 믿고 싶어요. 다만 아버님께서는 어른 되신 입장에서나 전공하신 학문적 입장에서 가정의 평화와 인류의 친화를 위해서 인간의 감각을 신의 심리에 맞추고자 하시는 것이 아니실까요……?」

강교수는 지그시 눈을 감고 있다가,

「나는 네가 거기까지 생각하고 있을 줄은 정말 몰랐다!」

강교수는 놀라는 시선을 며느리에게 조용히 던지며,

「오늘날 사십대의 주부들이 그런 것을 생각하고 있을

줄은 몰랐다. 네 어머니의 사십대와는 확실히 달라졌다.」

「그러기에 말이요. 내가 네 나이에는 생각도 못하던 소리다. 세상에는 도덕이라는 것이 있는데…… 무서운 하늘도 있고……」

시모가 적지 않게 나무라는 소리였다.

「아냐요, 어머니. 저희들에게도 도덕은 있어요. 남만 못지 않은 모성애도 있구요. 다만 저희들은 그 도덕이 어떻게 만들어졌는지가 알고 싶을 따름이예요. 옛날 사람들은 모성애만으로서 가정을 지켜 왔다고 말씀하셨지만 저도 그럴 수는 있어요. 그러나 그것은 어디까지나 본말(本末)이 전도된 삶이라는 것을 자각하면서 할 수 있는 일이라는 말씀이예요. 남편의 애정을 잃었으니까 하는 수 없이 모성애라도 붙들고 있는 것이지, 그것이 아내들의 참된 삶의 자태라든가 숭고한 인간애의 발로이기 때문에 자진 좋아서 하는 것은 아니지요.」

「어쩌면 요즈음 애들은?」

시모의 나무람은 점점 더 커갔다.

「어머님께 실망만 드려서 죄송하지만 저는 지금 한 사람의 아내로서의 제 생각을 솔직히 말씀 드려 아버님의 충고와 고견을 듣고 싶을 따름이예요. 그러기 위해서는 이번이 좋은 기회라고 생각하고 있어요.」

「좋다, 솔직히 말해 다오. 내가 듣겠다.」

오늘 밤으로 집을 나가야만 한다는 옥영의 결심은 조금도 풀릴 줄을 몰랐다. 옥영이가 지금 시부인, 강교수에게 한 사람의 아내로서의 심경을 솔직하게 말하고 있는 데는 숨은 이유가 하나 있었던 것이다

그것은 결코 슬픈 감정에서 나오는 넋두리가 아니고 집을 나가지 않아도 좋을만한 무슨 신통한 교훈의 말이라든가 또는 자기가 미처 생각하지 못한 논리의 모순 같은 것을 지적해주기를 바라고 있었다.

구태여 집을 나가지 않아도 좋았다. 문제는 집을 나가지 않고도 이 굴욕적인 감정과 상처 받은 인격이 무마되고 보상된다면 그만이었기 때문이었다.

그래서 옥영은 다시 말했다.

「모성애는 위대할런지 모르지만 뭇 아내들이 진심으로 바라는 것은 부부애라고 제게는 생각되어요. 부부애를 상실한 아내들이 모성애의 위대하고 숭고함을 떠메고 나오는 것은 일종의 허세일 거예요. 그렇게라도 해야만 자세가 서니까요. 뿐만 아니라, 남성들이 소리를 높여

가면서 여성들의 모성애를 극구 찬미하고들 있지만 그것도 따지고 보면 아내들을 일종의 보모로서 가정에 동여매 두고 싶은 생각에서 억지로 떠맡긴 대의명분에서 지나지 못하지요. 아내들은 또 아내들로서 그러한 대의명분이라도 떠메고 나서야만 체면이나 자세도 설 뿐더러 고규를 지킴으로써 경제적 무능으로 말미암은 생활난을 모면할 수가 있기 때문이예요. 경제적 자립을 피할 수 있는 사람치고 남편의 방탕을 눈감아가며 위대하다는 모성애만으로써 가정을 지키는데 만족해 할 아내가 있을 것 같지는 정녕 않아요.」

시모는 또 새침한 표정으로 며느리를 바라보았고, 시부는 덤덤히 앉아서 며느리의 말에 귀를 기울이고 있었다.

「남자들에게는 가정 생활 이외에 사업이라는 게 있다지만 여자들에게는 가정 생활 그것이 인생의 전부예요. 제 남편은 여자들의 그러한 입장을 잘 이해하고 가정이 곧 낙원이라고 까지 말하며 충실한 결혼 생활을 쭉 계속해온 사람이지요.」

「그렇고 말고. 그 애가 어쩌다가 이번에 한 번 걸려들었지, 내 아들이라고 두둔하는 것은 아니지만 오죽 신통했느냐! 그러니까 애 어미도 좀 너그럽게 생각해야하지 않겠니? 남자들이란 모두 그렇다는데……』

시모의 말이 이번에는 애원조로 나왔다.

『참, 아버님. 한 가지 진심으로 여쭈워 볼 말씀이 있읍니다.』

옥영은 고개를 숙이며 말했다.

『오냐, 어서 말을 하렴.』

시부는 고개를 들면서 대답 했다.

『이제 어머님도 말씀하신 것처럼 제 남편이 본시부터 헤실픈 사람이었다면 모르지만 그만큼 자각이 있고 굳건하고 이해심이 풍부한 사람이 이번 일을 저지른 데는 무슨…… 저희들 여성이 엿볼 수 없는 무슨 뿌리 깊은 이유같은 것이 꼭 있을 것만 같아요. 이제 어머님도 말씀하셨지만 남자란 모두가 다 그런가요……?』

옥영은 빤히 고개를 들었다.

『모두라고?』

강교수는 얼른 외면을 했다. 며느리의 시선을 근엄한 강교수로서는 정면으로 받아 들일 수가 없었기 때문이다.

『아시다시피 저희들은 연애결혼이었읍니다. 그이는

저를 아내로서 귀여워 했을 뿐 아니라, 인간적으로도 대해 주었고 참답게 자기를 알아 주는 지기로서 대하여 주었읍니다. 어느 모로 따져 보나 빈 틈이 없는 가정이었지요. 그런데도 불구하고 그이는 마침내 오늘 이 지경에 이르렀다는 것은 저로서는 도저히 상상조차 못했던 일이예요. 그것이 제게 대한 애정의 결핍에서 오는 것인지, 또는 그 밖의 무슨 다른 이유에서 오는 것인지, 어머님의 말씀대로 남자란 다 그렇다는 데서 오는 것인지……? 아버님, 제게 진실을 알리켜 주세요.」

강교수는 힘이 들어 대답을 하지 못했다. 다른 사람이 아닌 자기 며느리에게서 이런 종류의 질문을 받게 되리라고는 꿈에도 생각을 못했던 일이기에 과거 대학 총장까지를 거쳐 온 윤리학 대가인 이 늙은 교육자는 다만 며느리의 입으로 부터 이러한 질문을 받게 된 시대의 변천만을 뼈아프게 느끼고 있었다.

「있는 것을 있는 그대로 추종할 수 없는 것이 인간이다. 아니, 인간의 이성이다. 이성은 오로지 인간만이 지니고 있는 보배로운 재산이다. 인간이 이 보배로운 재산을 포기할 때 인간으로서의 자격을 상실하지 않을 수 없는 것이다. 있는 그대로를 초극하고 있어야만 하는 그 어떤 상태를 목표 삼아 노력하며 걸어나가는 데 인간의 이상은 있는 것이다.」

명확한 대답을 피하고 강교수는 그렇게 말하여 완곡한 답변을 꾀하고 있었다.

「그러면 아버님, 있어야만 하는 그 어떤 상태를 목표 삼아 걸어 나가기 위해서는 있는 그대로의 상태에 대한 정확한 지식이 있어야 할 것이 아니겠읍니까? 현재를 모르고 장래를 무턱대고 꿈꾸기는 싫읍니다. 남편을 모시고 일생, 이생, 삼생을 살아도 겨웁지 않을 제 욕망인데 남편은 겨우 십 팔년간을 한도로 이 가정을 버렸읍니다. 왜 그럴까요? 역시 제게 대해서 싫증을 느낀 탓이 아닐까요?」

「아마 그렇지는 않을 거다. 네 남편은 너를 가리켜 일생에 단 하나 뿐인 여성이요. 친구요 동지라고 말한 적이 있었으니까⋯⋯」

「그렇다면 어째서 저를 버리고 딴 여자에게로 갔을까요?」

「사랑이란 가다가 마음이 비이는 순간이 있는데 그러한 순간이 나쁜 환경과 우연히 겹쳐질 때, 자칫하면 후회를 가져올 행동을 저지를 수도 없지 않아 있는 건데⋯⋯

모르긴 하지만 아마도 그런 종류의 탈선이 아닌가 생각한다.」

　「당돌한 말씀이지만 아버님도 과거에 그러한 순간을 느낀 적이 계신가요?」

　「전혀 없을 수는 없지만……」

　강교수는 다소 무안한 듯이 마누라를 힐끗 바라보고 나서,

　「그러나 그러한 순간은 인간의 노력으로써 극복할 수가 있는 것이다.」

　옥영은 머리를 숙이고 골똘히 생각에 잠겨 있다가,

　「제 친구의 남편 한 분이 어떤 연회 석상에서 돌아왔을 때, 친구인 그 아내는 적지 않게 불안한 마음으로 그 연회 석상에 와 있던 젊은 기생들을 걱정하는 말을 했었다고요. 그랬더니 그 남편이 하는 말이, 당신은 무슨 그런 걱정을 하느냐고, 자기의 눈에는 그 기생들이 마치 요릿상에 놓인 술 도꾸리와도 같은 하나의 무생물로 밖에는 비치지 않았다고 하면서 아내의 신경과민을 일소에 붙이더라는 말을 저에게 한 적이 있어요. 이런 말을 저희들 아내는 어떻게 들어야만 하는가요……?」

　「남의 일은 내가 알 수 없고……」

『남의 일이 아니예요. 인간인 남성들의 일입니다. 그리고 아버님께서는 그 인간을 연구하시는 철학자이신데……』

강교수는 정말 딱했다. 며느리와 한 자리에서 남성들의 쎅스를 토론하지 않으면 아니되는 이 거북스런 입장이 숨막힐 것 같이 괴로왔다.

『나의 전공은 실천철학인 윤리학이다. 마음의 풍경보다도 행동에 치중하고 있는 건데… 다시 말하면 마음의 소재(所在)를 인류 의사에 맞도록 초극하려는 인간의 노력이 곧 내 학문에 주목적인 것이다. 그러한 노력이 없었다면 오늘의 모든 문화는 지리멸렬, 있는 것은 다만 질서와 균형을 상실한 양육강식의 정글 시대일 것이요, 본능적인 에고(自我)만이 중뿔나게 날뛰는 암흑시대로 변했을 것이다.』

『아버님 말씀 잘 알겠어요. 그렇지만 현제의 제 관심은 인간의 행동이 아니고 마음의 풍경이예요. 인류의 문화가 지리멸렬이 되건 약육강식의 암흑시대가 오건, 저는 지금 제 남편의 마음의 움직임을 알고 싶었을 따름이예요. 그리고 인제 그것을 알았어요. 젊은 기생들을 도꾸리 병 쯤으로 여기고 있었다는 제 친구 남편의 말이 진실과는 얼마나 동떨어진 말인지도 알았고 동시에 아내의 마음 고생을 조금이라도 덜어 주기 위한 지극한 사랑의 말인줄도 알았어요. 그렇지만……」

옥영의 표정이 일순간 허탈한 사람처럼 몽롱해졌다.

고영림이라는 한 젊은 여성에게 남편을 빼앗겼다는 데서 오는 허무보다도 좀 더 뿌리 깊은 인류적이요, 우주적인 커다란 허무감 앞에 한 사람의 성실한 아내 김옥영 여사는 우뚝 서 있었다.

강석운 대 김옥영의 문제가 아니었다. 남편 대 아내의 문제요, 남성 대 여성의 문제였다.

결혼 생활의 허무, 따라서 뭇 여성들의 불행한 운명을 옥영은 생각했다.

한 사람의 남편을 위하여 일생을 바칠 수 있는 여성들의 애정의 자세와 한 사람의 아내를 위하여 일생을 바치는데 노력을 필요로 하는 남성들의 애정의 자세를 옥영은 생각했다.

남녀의 이 운명적인 영원한 비극 앞에 김옥영 여사는 삶의 희망을 완전히 상실하고 있었다.

「아버님, 저는 아무 것도 모르고 있던 편이 도리어 행복했었읍니다. 안다는 건 불행한 일이지요. 세상의 모든 아내는 부처님이라고 부처님처럼 아무것도 모르고 사는데 아내들은 행복을 느끼고 있는 것이라는, 어떤 외국 작품을 읽은 적이 있지만 그때도 저는 제 남편만을 믿고 있었어요. 그런 의미에서 저는 아버님을 새삼스레 존경하고 싶읍니다.」

「어쨌든 네 남편을 빨리 만나야겠는데……」

「만나셨댓자 소용이 없을 거예요. 또 만나지도 못하실 거구요. 아까 신문사 송기자가 와서 하는 말이, 남대문 밖 태양호텔에 있었다는데 송기자에게 들킨 줄을 알고는 호텔을 곧 뜬다니까요.」

「남대문 밖 태양호텔?」

강교수는 훌쩍 일어서며,

「여보, 당신도 같이 갑시다.」

「호텔이 어딘지……」

「남대문 밖에 가서 찾으면 알 수 있오. 신문사로 가서 송기자를 데리고 가도 좋고……」

강교수 내외는 창황한 걸음으로 방을 나서며 옥영을 향하여,

「내 어떡하든 데리고 올 테니 흥분을 가라앉히고 침착해야 한다.」

옥영은 따라 나가서 현관까지 늙은 시부모를 전송했다.

그리고는 곧 되돌아 와서 아까 쓰던 편지를 다시금 끄집어내서 펜을 들었다.

식모는 부엌에서 저녁 불을 때고 있었고 아이들은 건넌방에서 쩍 소리도 없었다.

아들을 찾아 남대문 밖을 한 시간이나 헤메다가 태양 호텔을 발견한 것은 아홉시가 넘었을 때였다.

그러나 석운과 영림은 아까 낮에 벌써 호텔을 나갔다는 것이었다. 어디로 떴는지는 물론 알 길이 없었다. 하는 수 없이 강교수 내외가 혜화동으로 피곤한 몸을 택시에 싣고 돌아온 것은 열시가 지났을 무렵이었다.

그런데 저녁 후 외출했다는 며느리 옥영은 그 때까지도 돌아오지 않았다.

아이들의 말을 들으면 저녁을 먹는 둥 마는 둥 하고 잠깐 저자를 보아 가지고 온다던 어머니였다고 하면서 모두들 어두운 얼굴을 하고 있었다.

통행금지 시간이 박두해 옴을 따라 강교수 내외도 차차 불안해졌다. 강교수는 무슨 생각이 불쑥 들어 이층 서재로 올라갔다. 책상 위에는 없었다.

서랍을 열었다.

『아, 역시……』

낮 익은 며느리의 글씨로 봉투 둘이 들어 있었다. 하나는 남편에게, 하나는 강교수와 경숙에게 한 편지였다. 강교수는 부리나케 봉투 둘을 한꺼번에 찢었다.

《남편이였던 당신에게.

당신을 만나기가 무섭고 싫어서 나는 당분간 마음의 키를 돌릴 수 있을 때까지 당신의 옆을 떠납니다. 어떤 형태로든지 마음의 자세를 잡아야만 이 가정에 물러 있을 수가 있을 것 같고 또한 네 아이의 어머니로서의 책임을 질 수도 있을 것 같기에 이런 행동을 마침내 취하게 되었읍니다. 그러나 그때가 뜻 밖으로 속히 올런지, 또는 영원히 오지 않을런지는 나 자신도 알 수 없읍니다.

현재에 있어서 나의 심정을 솔직히 말하면, 남편에게 버림을 받는 한 사람의 아내로서의 비애와 허무의 감정을 견디어 낼 기력이 없는 동시에 그보다 못지 않은 정도로 허무의 열매 밖에 가져올 수 없는 전체 여성들의 서글픈 숙명적 애정의 자세 앞에서 삶의 의욕을 완전히 상실하고 있읍니다.

내가 지금 눈물을 거두고 이만큼이라도 조용한 심경을 가질 수 있게끔 된 것을 자기 스스로 감사히 생각합니다.

당신의 아내였던 여인》

《아버님과 어머님 앞에.

불효 소부를 용서하여 주십시오. 소부의 심경은 새삼 다시 말씀드리지 않아도 헤아리실 줄 아오며 경솔하다고도 볼 수 있는 이러한 행동을 감히 취함에 있어서 다만 아버님과 어머님을 믿사옵니다.

네 아이의 어머니보다 한 사람의 남편을 좀 더 소중히 여기고 살아온 소부이오나 앞으로 네 아이의 어머니로서만도 살아갈 수 있는 마음의 자세가 이루어지기를 노력해 보겠읍니다.

오십만환의 예금 통장의 소재는 경숙이가 알고 있읍니다.

불효 소부 상서》

《경숙이 보아라.

이런 경우에 있어서 너희들이 원할 수 있는 어머니가 끝끝내 되어 주지 못하고 완전히 힘을 잃어버리고만 이

미련한 어머니를 나무라 달라는 한 마디 밖에 더 남길 말이 없는 것을 슬퍼한다. 동생들과 함께 할아버님과 할머님의 말씀 잘 순종하기 바란다.

미련한 어머니》

편지를 움켜 쥔 강교수의 손길이 가느다랗게 떨리고 있었다.

그즈음 어두운 광야를 남쪽으로 달리는 경부선 열차 이등 객실 속에서 강석운과 고영림의 애욕의 도피행은 계속되고 있었다.

27. 久遠[구원]의 幸福[행복]

칠월 상순, 검푸른 녹음이 삼청공원 일대를 구름처럼 뭉개며 뒤덮고 있었다. 대낮에는 이글이글 끓고 있던 햇볕도 아침 저녁으로는 살풋이 누구러지곤 했다.

어떻게 된 셈인지, 한혜련의 병세가 요즈음에 와서는 한결 차도가 있어 보였다. 잔 기침도 덜 나고 각혈의 돗수도 훨씬 줄어졌다. 알린알린, 유리처럼 샛말갛게 들여다 보이던 창백한 얼굴에는 보오얀 화기까지 발기스레 감돌고 있었다.

약은 김박사가 권하는 대로 꾸준히 썼다. 정제로는 파스 나이드라짓드를 복용했고 주사로는 스트랩터마이신을 맞았다. 주사는 어머니도 놀 줄 알아서 편했으나 가벼운 운동을 겸하는 의미에서 안국동에 있는 김냇과까지 몸소 가서 진찰을 받아 가면서 맞기도 했다. 그 뿐만 아니라. 번번히 김박사를 차로 모셔 오는 비용을 절약해야만 했기 때문이었다.

달포 전, 남편이 찾아와서 혜련의 마음의 불륜을 분개하여 지랄발광을 하며 영림을 데리고 간지 얼마 안되어 혜련 모녀는 생각 끝에 금후 시집의 경제적 원조를 일체 거절하겠다는 편지를 남편에게 띄웠던 것이다. 그리고 거기 대한 간단한 회답이 날아왔다.

《딴 사나이에게 음란한 마음을 품은 아내가 남편의 원조를 받기 힘들어 하는 심정을 가히 이해하겠기에 요청하는 대로 움직일 수밖에 없는 남편이오.》

이것이 그 회답의 내용이었다.

그래서 혜련의 어머니는 부랴부랴 재봉틀에 올라 앉아서 삯바느질을 시작했다. 그리고 딸의 조용한 정양을 위하여 지난 정월부터 비워 두었던 뜰아랫방에 다시금 사람을 넣기로 결정을 하고 아이들이나 과히 많지 않은 단촐한 식구를 물색하기 위하여 여기 저기 부탁을 해 놓고 있었다.

오늘도 어머니는 일찌감치 조반을 치르고 아는 사람을 통하여 여기 저기서 맡았던 일감이 다 되어 그 여름 옷가지들을 보따리에 싸 가지고 나눠 주러나갔다. 김박사 부인의 옷가지도 있었다.

혜련은 요즈음 마음이 가볍고 편했다. 그것은 남편의 회답을 받은 그 순간부터의 일이었다. 무슨 커다란 짐을 하나 어깨에서 내려 놓은 것처럼 혜련은 심신이 다 같이 날 것만 같았다.

「가늘게 먹고 가늘게 살지.」

어머니에게는 한 없이 미안한 말이지만 시집의 원조를 거부하는데 있어서 이 이해성 깊은 어머니는 딸에 못지 않게 서둘러 댔다. 본시부터 바느질 솜씨도 고왔던 어머니였다.

딸의 얼굴에 화기가 돌고 병세가 도리어 누구러진 것

도 그러한 마음의 부담이 없어진 때문일 것이라고, 어머니는 도리어 이번 기회가 좋은 약재가 된 것처럼 기뻐하는 것이었다.

사실도 그러했다. 혜련은 이제 정말 아무런 데도 마음을 쓰지 않아도 좋았다. 병세가 악화되면 조용히 죽는 날을 기다리면 그만이었다. 죽음을 기다리는데 혜련은 일종의 행복을 느끼고 있었다.

영림도 오지 않았다. 와 주지 않는 시누이를 처음에는 적지 않게 서운히 여기고 있었으나 곰곰이 생각해 보면 와 주지 않은 편이 도리어 좋았다. 영림을 만나면 시집 식구들 이 자연히 연상될 테고 이야기 끝에라도 알 필요가 전혀 없는 강석운 선생님의 소식을 듣게 되는 것이 혜련에게는 도리어 감정의 짐이 될 것이기 때문이었다.

그래서 이런 짐 저런 짐을 죄 벗어 버린 한혜련의 오늘의 심경은 검푸른 호수처럼 깊고도 조용할 수가 있었다.

그러한 깊고 조용한 심정으로 혜련은 지금 화단 앞에 꾸부정하고 서서 줄기차게 피어나는 봉선화 잎사귀에서 누에 같은 봉선화 벌레를 잡아 주고 있는 것이다.

『아이, 여기 또 한 마리……』

매일 처럼 잡아 주는 벌레지마는 어디서 생기는지, 혜

련은 벌써 다섯 놈이나 잡아서 땅에 묻었고. 회색 바탕에 검은 반점이 얼룩진 놈, 싯멀뚝하도록 새파란 놈들이 잎사귀를 색색 갉아 먹고 있는 양을 볼 때마다 혜련은 마치 자기의 살이라도 갉히우는 것처럼 마음이 아팠다. 소름이 쭉 끼친 때도 있었다.

『그런데 소설은 왜 안날까……?』

K신문에 연재되던 「유혹의 강」은 벌써 한 주일 동안이나 「금일휴재」를 계속하고 있었다. 거기 대한 무슨 사고(社告)같은 것도 없었다.

『몸이 편찮아서 쉬시는지도 모르지.』

현재의 한혜련이가 마음을 쓰는 곳이란 그저 그런 정도의 것 밖에는 없었다.

『생각하면 사람의 운명이란 참 우스꽝스런 거야.』

연꽃을 좋아하던 한 여성이 일생을 두고 봉선화 꽃을 좋아하면서 죽어야만 하는, 그 숙명적인 감정의 경사를 혜련은 생각하는 것이다.

자기 고유의 의욕과 취미를 송두리째 버리고 자기 아닌 그 어떤 다른 사람을 위한 의욕과 취미 속에서 오히려 행복을 느낄 수 있는 인간의 감정을 혜련은 하나의 수수께끼, 하나의 신비로서 돌리고 있었다.

『하나의 생명이 자기 고유의 희로애락 속에서만은 절대로 살아 나갈 수 없는 고독을 느끼는 것이 인간일런지도 모른다.』

사람들은 모두가 다 혼자 살다가 죽어가지는 않았다. 누구나가 다 자기 아닌 그 어떤 다른 이들을 위하다가 죽어 갔다. 부모는 자식을 위했고 자식은 부모를 위하다가 죽었다. 남편은 아내를 위했고 아내는 남편을 위하다가 죽었다. 형제를 위하다가 죽은 사람도 있고 친구를 위해 죽은 사람도 있다.

나라와 사회와 인류를 위하다가 죽어간 충신과 성현들도 있었다. 애인을 위하다가 죽은 이도 있었다.

『모두가 다 자기 혼자를 위하다가 죽은 사람은 없다. 나는 그럼 누구를 위하다가 죽어가는 몸인고……?』

어머니 밖에는 없다. 그리고는 아무도 없다. 굴곡 없는 삶이었기에 그 삶 속에서 일순간 이나마 감정의 파동을 아름답게 일으켜 준 오직 한 사람의 인간이 십 구년 전의 돌구름 일 따름이었다.

주마등같이 어수선하고 다채로운 일생이었던들 단 며칠 동안에 걸쳐서 움터진 돌구름의 기억은 이끼 끼고 녹슬은 아득한 망각의 피안에서 까물거렸을 것이었다.

인생의 극히 조그만 물결에 지나지 않은 돌구름이 강석운이라는 한 사람의 작가로서 매일처럼 잡지나 신문 지상에 나타나면서 부터 그에 대한 기억은 점점 확대되어 갔다.

불행한 결혼 생활과 기복 없는 단조로운 감정에 돌구름의 기억을 애인처럼 소중히 했다. 그리고 그러한 기억이라도 붙잡고 죽어야만 죽어가는 혜련의 영혼은 최소한도의 안정을 얻을 것 같았다. 모두가 다 그 누구를 위해서 살다가 죽는다면 자기는 돌구름을 위하다가 죽는 사람이라고 생각하면서 죽고 싶었고 그렇게 죽어야만 하는 것이다.

저녁 무렵에 어머니는 새 일감들을 주워 모아 가지고 돌아갔다. 점심은 김박사 댁에서 먹었노라고 하면서,

『때 마침 한 사람이 오게 됐단다.』

『마침한 사람이라뇨?』

『뜰 아랫방에 들 사람 말이지.』

『어마, 어떤 사람인데요? 식구는 몇인데요?』

살림의 보탬이 여간 될 것 같지가 않아서 혜련도 기뻤다.

『식구는 없고, 여자 혼잔데…… 한 주일 전부터 김박

사 댁에 와서 묵고 있는 사람인데⋯ 그저께 갔을 때도 그런 말이 통 없더니 갑자기 어디 조용한 방을 얻어 가지고 나와야 하겠다구 의논하고 있는데 마침 내가 들어가지 않았겠니?」

「늙은이예요?」

「어디가⋯⋯ 서른 여섯이라고 하지만 서른 두세 밖에 보이지 않더라. 김박사 부인의 동창이라는데 얌전한 사람이야.」

「혼자몸이래요?」

「아니야. 집은 돈암동에 있는데 신병으로 앓다가 어디 조용한 데로 나와서 당분간 수양을 하겠다고, 말은 하지만 부인은 너처럼 폐를 앓는 모양이 더라. 김박사 병원에 입원을 하려고 왔던 모양인데 조용하지가 않아서 나오는 거겠지.」

「말동무가 되어서 좋겠어요. 언제 와요?」

「이따 저녁 먹고 온단다, 김박사 부인과 함께⋯⋯」

한 주일 전 그날 밤, 옥영은 편지를 써 놓고 아침거리를 사러 나간다는 말을 남겨 놓은 후에 집을 나왔다. 시부모가 혹시나 남편을 데리고 돌아오기 전에 나가야 한다고 부랴부랴 뛰쳐 나오기는 했으나 친척 하나 없는 이 서울

바닥에서 옥영이에게는 갈 곳이 없었다.

갈 곳도 없지마는 갈 곳이 있어도 가고 싶지 않았다. 그저 죽고만 싶었다.

저자 바구니 속에 핸드백이 들어 있었으나 몇 천환의 돈이었다. 어두운 밤길을 무턱대고 걷노라니까 창경원 앞이 되었다. 창경원 돌담을 끼고 또 자꾸만 걷노라니까 원남동이 되고 돈화문 굴다리 밑을 걸어 내려가고 있는 자기 자신을 발견하였다.

걷다가 문득 애들 생각이 나면 갑자기 애처롭고 처량한 마음이 들어,

「통행금지 시간 전에는 들어갈 테니 걱정들 말아.」

그렇게 마음으로 속삭이었고 그러다가도 남편 생각이 불쑥 나면,

「아이, 보기 싫어!」

그러기도 했고

「아이, 무서워」

그러기도 했다.

걸으면서 옥영은 지난날, 소설이나 영화 같은 데서 이런 경우에 처해 있는 여주인공의 모습을 하나 둘 골라 보았다. 그러나 모두가 다 자기보다는 나이 어린 연대의

여성들이었다.

『내 나이가 벌써 사십을 바라보는데……』

그러니까 좀 더 세속적으로 자기의 감정을 처리할 수도 있는 것이고 또 그렇게 처리해야만 하지 않겠느냐고 이십대의 여성들과 똑 같이 돌아가고 있는 자기의 감정의 어림을 뒤채 보기도 옥영은 했다. 그러나 그것은 어디까지나 머리로 짜낸 생각일 뿐, 옥영의 어린 감정이 따라가 주지를 않았다.

『나이는 사십을 바라보지만……』

이십년 가까운 행복된 결혼생활이 자기의 감정을 이처럼 어리게 만들고 젊게 만든 것이라고, 온실처럼 감정의 풍파를 모르고 지낸 이십년의 세속적 공백(空白)이 도리어 오늘에 와서는 원망스럽기도 했다.

『처음부터 좀 더 해실픈 남편이었던들……』

오늘의 허무가 이렇듯 크지는 않았을 것이었다.

돈화문에서 원남동까지를 옥영은 세 번이나 오락가락했다. 그러다가 마침내 옥영의 발길은 그냥 안국동 쪽으로 걸어 가고 있었다.

『그리고 또 내 남편만이 유독 나쁜 남편이었던들……』

옥영은 허무가 이처럼 크지도 않았을 것이었다. 내 남편만을 나쁜 남편이라고 나무라면 되었기 때문이었고 인간 생활 전체에 대한 암흑과 절망과 공허를 느끼지 않아도 무방했을 것이다.

이건 우주적이요 전 인류전인 고독과 허탈 속에서 불이 환하게 켜져 있는 어떤 약방 하나를 시야 속에 발견하고 꿈결처럼 옥영은 걸어 들어갔다. 그것은 재동 어귀에서의 일이었다.

그러나 약방 주인은 옥영이가 요구하는 수량 대로의 〈세로나알〉은 팔지 않고 두 알만 주었다. 극약인 수면제 판매에는 제한이 있었던 것이다.

통행금지 시간까지는 사십 분이나 남아 있었는데 옥영은 종시 되돌아 갈줄을 모르고 안국동 김내과로 찾아 들어가고 말았다.

김내과 원장 김박사 부인은 옥영보다 삼년 위인 여학교 동창이다. 친언니처럼 따르던 사이였다.

내일은 정말 집에 돌아가야겠다고, 아이들 생각이 간절해지면 옥영은 금세 어머니가 되지마는 그러나 동시에 남편을 대할 생각을 하면 죽어도 들어가고 싶지 않고 아내의 감정으로 돌변하곤 했다. 아내의 자리와 어머니의 위치를 저울질하며 죽음과 삶의 경계선에서 한주일을 옥영은 지냈다.

옥영이가 집을 나온 이틀날 어머니가 혹시 그리로 가지 않았느냐고 경숙에게서 전화가 왔었는데 옥영의 지시대로 김박사 부인 오신정(吳信貞) 여사는 오지 않았다고 대답을 했다.

『아이구 옥영이도 참 딱하지. 여지껏 팔자가 늘어진 탓인 줄이나 알아요. 남편이 바람쯤 핀대서 아내가 죽어야 한다면 서울 장안의 아내들은 모두가 다 미아리 공동 묘지나 녹번리 화장터로 송장 떼가 돼 나가겠다 얘.』

오신정 여사는 옥영의 심로를 일소에 붙이면서,

『날 좀 봐요, 날! 남편이 하루 이틀쯤 나가 잔다고 죽어야 한다면, 내 참 목숨이 열개가 있어도 못 당하겠다 얘.』

오신정 여사의 남편 김박사는 오십 고개의 위인이지마는 젊어서 부터 많은 바람을 피워 온 사람이었다. 두 집 살림을 차려 놓은 적도 한 두 번이 아니었으나 요즘에는 약간 정신이 들었는지 노상 착실한 남편 노릇을 하고 있는 참이었다.

그 김박사가 어제 저녁, 내실과 병원을 연결하는 어둠

컴컴한 복도에서 지나치는 옥영의 손목을 잡았다가 놓쳐 버린 것이다. 부끄럼과 모욕을 한꺼번에 느끼면서 옥영은 밤새껏 잠을 이루지 못했다.

가정이라는 울타리가 허물어지고 남편이라는 기둥을 잃어버린 한 사람의 아내의 비애가 너무도 빨리 옥영에게 왔다. 남편이 가정 안에 건재하여 있을 무렵에는 좀처럼 거들떠 보지도 못하던 김박사가 아니었더냐고, 남편의 애정만을 문제로 삼아 씨름해 오던 옥영이에게 남편의 위치가 갑자기 중대성을 띠어 왔다.

『남편만 저 모양이 아니었던들……』

오늘의 이러한 모욕을 받지 않았을 것이 아니냐고, 남편의 애정을 잃어버린 뭇 아내들이 참을성 있게 가정을 지켜 온 또 하나의 원인 같은 것을 옥영은 발견했다. 비무장으로 적탄 앞에 나선 병사처럼 옥영은 갑자기 마음이 허전했고 세상이 무서워졌다. 우물쭈물 하다가는 어느 맹수에게 잡혀 먹히는지 모르는 한 마리의 들토끼를 옥영은 상상했다.

이튿날, 그러니까 그것은 오늘 아침의 일이었다. 굳이 만류하는 오신정 여사의 말을 완곡히 사양하고 조용한 방 하나를 얻어 가지고 나가겠다고 했다. 하루 이틀에 해결될 문제가 아니니까 언제까지나 덧붙여 살 수도 없는 일이 아니냐고 이부자리나 한 벌 빌려 주면 방을 얻어 가지고 나가겠다고 했다.

『정히 그렇다면 마침 참한 방이 있기는 하지만……』

오신정 여사는 옥영을 위하여 삼청동 환자의 방 하나를 생각했다. 바느질 감을 맡아 가는 환자의 어머니는 얼마 전부터 단출한 식구를 물색하고 있는 것을 생각하고 있는데 마침 혜련의 어머니가 여름 옷가지를 지어 가지고 들어섰던 것이다.

속앓이 병을 가진 환자라고 소개를 하고 혼자 니니 딴솥을 걸 필요도 없지 않느냐고 옥영의 식사까지를 오신정 여사는 부탁해 주었고, 혜련의 어머니도 다년간 신세를 지고 있는 김박사 부인인만큼 그러한 조건을 쾌히 승락해 주었다.

저녁을 먹은 후, 이부자리와 함께 자질구레한 간단한 도구를 택시에 실고 오신정 여사를 따라서 옥영은 병원을 나왔다.

이 이삼일 이래 한혜련의 호수처럼 맑고도 조용한 심경에 파동 하나가 일고 있었다. 그것은 뜰 아래 방에 이사 온 여인에 대한 관심이었다. 수수께끼이기도 했다.

돈암동에 집이 있다는 이 여인, 김박사 부인의 여학교 동창이며 속앓이 병을 앓는다는 이 여인, 식사를 부탁해 놓았다면서도 아침 저녁으로 어머니의 손도움을 부지런히 해 주는 이 여인의 모습이 어쩌면 꼭 잡지 같은 데서 많이 보아오던 강석운 선생의 부인만 같았다.

희미하고 아득했었지만 십 구년 전, 원산 해수욕장에서의 기억도 더듬어 보았고 스크랩 부크에 정성들여 따 붙여 둔 강선생님의 가족 사진도 여러 차례 꺼내 보았다.

「틀림 없어.」

강선생의 사모님에 틀림이 없건만 그 사모님이 오늘날 어찌 된 연고로 가정을 떠나야만 했는지를 알 도리가 혜련에게는 없었다.

더우기나 의심쩍은 것은 강선생님의 「유혹의 강」이 중단된 것이 벌써 열흘, 그와 비슷한 무렵에 사모님은 집을 나와 김박사 댁에 묵은 계산이 된다는 것이었다.

「속앓이 병이라고, 폐가 나쁘세요?」

조반이 끝나기가 바쁘게 어머니는 재봉틀 앞에 올라 앉았고 혜련은 옥영과 함께 꽃밭에 물을 주고 있었다.

「네, 그저 좀……」

옥영은 말꼬리가 여전히 흐렸다.

「무슨 약을 쓰세요?」

「무슨 약이라고…… 환약을 좀 써 봤어요.」

「병은 오래 됐어요?」

「한 일년 됐어요.」

「그럼 초기로군요. 나는 사기랍니다.」

옥영은 물끄러미 혜련을 바라보며,

「김박사는 뭐래요?」

「요즈음은 무척 좋아졌대요.」

「시댁이 서울이라죠?」

「네.」

꽃밭에 물을 다 주고 나서,

「제 방에 좀 놀러 오세요.」

「고맙습니다.」

「자아, 어서 좀 들어오세요. 아무 것도 없지만……」

혜련은 옥영의 손을 잡아 끌었다.

「좀 들어가서 노시우. 말동무가 생겼다고, 재가 어떻게나 좋아하는지 모른다오.」

건너방 재봉틀 앞에서 어머니도 권했다.

혜련은 부엌으로 들어가서 손수 도마도를 썰어 접시에 담아 가지고 들어왔다.

『한 쪽 드세요.』

『네.』

혜련과 옥영은 조용한 안방에 마주 앉아서 도마도를 들었다.

『잡지도 있고 신문도 있으니까 심심하시면 얼마든지 갖다 보세요.』

『고맙습니다.』

책상 위에 잡지와 소설 책이 여러 권 꽂혀 있었다. 남편의 소설도 몇 권 끼어 있었다.

옥영은 가슴이 아팠다. 그 작품들이 씌어진 무렵의 평온과 행복이 아득한 꿈결만 같았다.

『소설 좋아하세요?』

혜련은 물었다.

『네, 그저……』

『강석운 선생님의 작품을 읽으셨어요?』

혜련이가 조심성을 지닌 어조로 재차 물어 왔을 때 옥영의 표정에는 다소 서글픈 미소만이 한 줄기 가볍게 떠오르고 있었다.

그 서글픈 미소에서 혜련은 강선생님의 가정에 움터 있는 불행의 그림자 같은 것을 금새 느꼈다. 무슨 깊은 사정이 있기는 확실히 있는 것이라고, 그동안 쭉 얼굴 한 번 나타내지 않는 시누이 고영림을 불현듯 생각였다. 칸나의 그 강인한 의욕과 불타는 정열을 생각했다.

「그런데 K신문에 나던 강선생의 「유혹의 강」이 왜 갑자기 중단됐는지 모르겠어요.」

「아, 글…… 글쎄요.」

실로 형언할 수 없이 복잡 미묘한 이그러진 표정이 옥영의 모습을 극도로 어지럽히고 있었다.

혜련은 순간, 사모님의 불행의 원인이 칸나의 정열에 있다는 것을 직감적으로 느끼며 솔직하게 물었다.

「사모님! 사모님이 바로…… 바로 강선생님의 사모님 이시죠?」

「어머나?」

옥영은 나자빠질 듯이 놀랐다.

「사모님, 저는 벌써부터 강선생님의 사모님이신 줄을 알아 보았어요.」

「아니, 어떻게 그런 줄을……」

「잡지 같은 데서 늘 보아 왔었으니까요.」

「어쩌면?」

옥영의 놀라움은 이루 말할 수 없었으나 생각하면 그

럴 성도 싶었다.

『저는 이 이삼 일 동안 사모님이 왜 집을 나오셨을까 하고 무척 생각해 보았어요.』

『강선생님의 작품을 좋아하셨나요?』

마음을 약간 가라앉히며 옥영은 조용히 물었다.

『네, 무척……』

그러다가 혜련은 문득 마음의 비밀이 탄로날 것만 같아서,

『그렇지만 선생님의 작품을 좋아하는 게 어디 저 뿐 인가요? 모두들 좋아하는 데요 뭐.』

그러나 이렇게 막상 덧붙여 말을 하고 나서 보니 도리어 마음 속을 감추려는 변명같이 들릴까도 두려워 혜련은 오히려 안한 것만 같지 못했다고 뉘우쳤다.

그래서 앞날의 인상을 얼른 뭉개버릴 셈으로,

『근데 「유혹의 강」은 왜 끊어졌어요? 선생님이 요즘 편찮으신가요?』

『네 요즈음 얼마동안 신경통으로 누워 계세요.』

『네에, 그러시군요.』

그러나 병상에 누운 남편을 내버려 두고까지 가정을 떠나지 않으면 아니되는 사모님의 심정이 혜련에게는

안타깝도록 알고 싶어서,

「선생님이 그처럼 병환이 계신데 사모님까지 나오셔서 얼마나 불편하실까요?」

「…………」

옥영은 시선 둘 곳이 없어 언뜻 외면을 하며 잠자코 화단을 내다보았다.

대답을 못하는 사모님의 심정이 서글퍼 혜련도 얼른 입을 다물고 꽃밭으로 시선을 옮겼다.

대화를 잃은 두 여인 앞에 봉선화의 무더기가 검푸른 녹음 속에서 활짝 꽃구름을 피우고 있었다.

오랫동안 두 여인은 그렇게 고즈넉히 앉아 있었다. 흰 나비가 한 쌍 꽃밭 위에서 까불어대고 있었다. 뒷산에서 희미하게 매미 소리가 들려왔다.

한숨은 옥영이보다 혜련의 입에서 먼저 흘러 나왔다.

「처음 보는 저에게 사모님이 마음을 털어 놓을 수는 없으시겠지만……」

혜련은 꽃밭을 말끔히 내다보는 그대로의 자세로,

「제 이야기를 제가 하는 것 같지만 저 과히 헤실픈 사람 아냐요. 사모님의 말동무가 될 수 있다면 정말 기쁘겠어요.」

「고마운 이야기예요. 그렇지만 할 이야기가 뭐 있어야지요?」

꽃밭 위에서 까불어 대던 나비 한 쌍이 나붓나붓 사뿐사뿐 고독한 두 여인의 시야로 부터 사라져 갔다.

「선생님이 착실하신 분이어서 듣기에는 사모님이 무척 행복하신 줄 알았어요.」

옥영은 조용히 웃으며,

「불행해 보여요?」

「사모님의 얼굴이 지나치게 어두워요.」

「건강이 늘 나쁘니까 그렇겠지요.」

「건강보다도 마음이…… 마음 고생이 계시는 것 같아요. 혹시 선생님이 요즈음 가정에 충실하지 못하시지나 않으세요?」

옥영은 얼른 혜련을 돌아다보며,

「어떻게…… 어떻게 그렇게 생각되세요?」

혜련은 빤히 옥영을 바라보며,

「생각키우는 것이 한 가지 있어서 그래요.」

「무언데요?」

가벼운 긴장이 옥영의 시선 속에서 머리를 들었다.

「이건 정말 아무 것도 아닌 제 추측이지만요.」

『무언데요?』

『혹시 문학 공부를 한다는 여대생이 선생님을 방문한 적이, 고영림이라는……』

『어마……?』

『있죠?』

『………?』

역시 자기의 추측이 정확했다고, 총소리에 놀란 참새 모양 오들오들 떨고 있는 사모님의 눈동자를 혜련은 서글피 바라보며,

『그 학생이 선생님의 마음을 어지럽게 만들어 드리고 있는 거죠?』

『………?』

어떻게 된 영문인지 알 수 없다. 오들오들 떨고 있던 사모님의 눈동자가

갈피를 잡으려고 달려붙어 왔다.

『요 며칠 동안 그렇지나 않는가 하고 무척 걱정했어요.』

『아니, 그 고영림이라는 학생을 어떻게 아세요?』

가쁜 숨결을 몰아 쉬며 옥영은 우선 다급한 것부터 물어 왔다.

『제 시누이예요.』

『어머나?』

소스라치게 놀라는 옥영을 혜련은 미소를 지으며 잠시 바라보다가,

『그렇지만 사모님, 과히 걱정은 마세요. 사정이 있어서 시댁과는 통 왕래가 없으니까요.』

거기서 혜련은 별거 생활을 하게 된 전후 사연을 쭉 이야기하여 사모님의 편이 되면 되었지, 결코 적이 아니라는 것을 알리어 상대편을 안심시켰다.

『아, 그러시었군요.』

그렇다면 혜련의 위치로 보나 호의로 보나 자기를 해할 것 같지가 않아 옥영은 적이 마음을 늦추며,

『고선생이 어머님과 함께 저의 집을 찾아오신 적이 있답니다.』

『어쩌면?』

이번에는 혜련의 편에서 놀랐다.

『무엇 때문에 갔었어요? 언제 갔었어요?』

짐작은 이미 가고 있었으나 확실한 것을 알아야만 했다.

『그 영림이라는 학생 때문에…… 벌써 열흘 전 이야

기예요.」

『아이, 역시 아가씨가……」

혜련의 추측은 한 오라기도 어긋남이 없이 맞아 들어가고 있었다.

『사모님, 좀 더 자세히 이야기를 들려 주세요. 저는 사모님의 편이 될 수가 있는 사람이에요. 아가씨에 대해서는 다소나마 알고 있는 대목도 있고요.」

『고마워요, 그렇지만……」

『사모님, 저를 믿어 주세요. 저는 정말 한 사람의 애독자로서 선생님과 사모님을 존경해 왔고, 선생님의 단란한 가정을 위해서라면 뭐든지…… 제 힘이 자라는 데까지는 이건 정말 헤실픈 소리가 아냐요. 신명에 맹세라도 할 수 있는 이야기예요.」

혜련은 진심으로 사모님의 불행이 곧 자기의 불행처럼 느껴지고 있었다.

돌구름을 위하고 돌구름의 가정을 위해서라면 없는 힘이나마 짜낼 수 있는 신비롭고도 숭고한 감정이 혜련이 썩어가는 가슴 속을 파동치며 돌았다.

『어찌 된 인연인지는 모르지만 이처럼 고마운 분을 여기서 만날 줄은 정말……아, 참…」

옥영은 문득 생각이 나는 바가 있어,

『알았어요. 이제 생각나요. 한혜련씨, 그러시죠? 그리고 옛날, 저 원산 해수욕장에서 만난 적이 있는 미스 헬렌……』

『어머, 어떻게 그런 걸 아세요?』

죄 지은 사람처럼 혜련은 가슴이 뜨끔 했다.

『영림에게서 들었노라고 강선생이 그런 말을 하더군요.』

자기에 관한 이야기는 통 꺼내지 않았노라던 시누이의 말을 생각하며 혜련은 호닥닥호닥닥 놀라고 있었으나 태도만은 태연해야겠다고 기를 쓰고 표정을 가다듬는 것이었다.

그러나 차차 이야기를 들어보니 자기에 대한 사모님의 지식은 극히 단순한 것이었다. 소녀 시절에 잠시 만난 적이 있는 돌구름이 후일 작가가 되었기에 그의 작품을 호기심에서 애독한다는 정도의 것 밖에는 없었다.

더구나 영림과 강선생의 관계를 조리 있게 이야기하는 사모님의 태도나 표정으로 보아서 자기의 마음 속 비밀 같은 것에는 추호도 신경을 쓰지 않는 사모님을 혜련은 알고 적이 안심을 하며,

「알았어요, 그래서 아가씨가 그동안 한 번도 얼굴을 나타내지 않았군요.」

혜련의 고즈넉하던 감정이 영림의 그 불미로운 행동을 무섭게 가책하고 있었다.

「영림은 나빠요. 불량 학생야요.」

혜련의 입으로 부터 돌팔매 같은 가책의 말이 무심 중에 튀어 나왔다.

그것은 사모님을 위해서 하는 분노이기 전에 미스 헬렌의 감정의 폭발이었다. 미스 헬렌이 그처럼도 소중히 모셔 온 돌구름의 평화로운 가정을 칸나는 끝끝내 파괴하고야 말았다.

혜련은 매서운 얼굴이 되며 입술을 꼭 깨물고 있었다. 그것은 실로 십 구년 전, 원산 송도원 이래 처음 보는 다급한 감정의 발언이었다. 조개알을 바스러지도록 깨물다가 입술을 다쳐 피를 흘리던 순간의 감정이 그대로 되살아 나오고 있는 것이다.

눈을 감으면 지금도 망막에 삼삼하다. 파라솔을 나눠 쓰고 돌구름과 함께 멀리 송학관쪽으로 사라져 가던 김옥영이라는 이름의 여인! 그 여인에게 향하던 것과 꼭 같은 종류의 감정의 발악이 이십년을 껑충 넘어선 오늘

이 순간에 있어서 강선생님을 빼앗아 간 고영림에게 대해서도 고스란히 그대로 폭발하리라고는 혜련 자신도 생각조차 못했던 일이었다.

어떡하면 영림의 손으로부터 강선생님을 도로 찾아다가 사모님에게 모셔다 드릴 수가 있을 까를 혜련은 골돌히 생각하며,

『사모님, 실은 강선생님을 찾아 뵙겠다는 아가씨를 제가 여러 번 말렸어요.』

『아, 그런 말을 항상 혜련씨에게 했었나요?』

『네, 아주 개방적인 성격이에요. 숨기는 것은 티끌만큼도 없고 모든 것이 적극적이고, 그야말로 칸나처럼 자기 의욕에 충실하려는 학생이에요.』

『그건 나도 짐작은 했었어요.』

『그렇지만 사모님, 자기 의욕에만 충실할 수 없는 것이 인간이 아닐까요? 모두가 다 자기 의욕만 중뿔나게 내세우면 삼십억의 인류가 죄다 좌충우돌을 면치 못할 거예요.』

『정말이예요. 혜련씨야 말로 정말 얌전한 분이예요.』

『아이, 사모님도……』

그러나 얌전하다는 찬사 위에 안주해 있기에는 혜련의 감정이 너무도 서둘러 댔다.

그 순간 말을 이룰 수 없는 혜련의 감정이 젖부둥 밑에서 또 한번 발악을 했다.

『나쁜 돌구름! 돌구름은 나빠, 나빠!』

일년에 두 차례씩, 꽃 봉투를 띄움으로써 구원의 행복을 소녀들처럼 희구했던 혜련의 아름다운 꿈은 조각조각 흩어져 버리고 남은 것은 오직 폐허처럼 삭막한 감정의 오열 뿐이다 무명의 꽃봉투조차 이미 보낼 곳을 잃어버린 혜련의 허무와 현실적으로 남편을 잃어버린 옥영의 허무가 조용히 마주 앉아 있었다.

그러다가 무심 중 혜련은 고개를 들며,

『그렇지만 사모님, 이렇게 생각할 수는 없을까요.』

『어떻게 생각해요?』

『저는 아직 사모님보다 나이 어려서 그러는지는 몰라도…… 지금 얼른 생각한 일이지만 인간이 영원한 행복을 누릴 수 있는 길이 하나 있을 것 같아요.』

『영원한 행복이라고요?』

『네, 영원한 행복! 그 누구도 파괴할 수 없는 행복의 길이 있어요. 인간악도 사회악도 그리고 자연악까지도 그 행복을 무너뜨릴 수는 없을 거예요.」

「그게 뭔데요?」

혜련은 쓸쓸히 웃으며,

「사모님은 사랑하는 행복을 느껴보신 적이 계신가요?」

「사랑하는 행복이라고요?」

「네, 사랑을 받는 행복이 아니고 사랑하는 행복! 인간이 차지할 수 있는 영원한 행복은 거기서 밖에 찾을 수가 없을 것 같아요.」

돌구름이 영림의 손으로 넘어가 버린 데서 느낀 허무의 감정을 혜련은 그렇게 해서 도로 메꾸고 있는 것이다.

「혜련씨의 말을 잘 알겠어요.」

한혜련이라는 한 여성의 심정이 그러한 깊이에 까지 파들어 가고 있었던가 하고 옥영은 비로소 혜련이가 지닌 삶의 방도와 애정의 자세를 발견한 것 같았다.

「주제 넘은 말이라고 책망하시겠지만 사모님이 지금 지니고 있는 허무감을 구제하기 위해서는 사랑하는 행복의 길 밖에는 없지 않을 까요?」

「말 뜻만은 알 수가 있겠어요.」

「그렇게 느끼시진 못 하실까요?」

옥영은 그것을 느껴 보려는 듯이 가만히 눈을 감고 자기의 감정의 물결을 정밀공(精密工)의 감각을 가지고 자진정해 보는 것이었다.

「그렇게만 느낄 수 있다면 사모님의 불행은 구제를 받을 수가 있을 거예요.」

거기서 옥영은 눈을 뜨며,

「이번에 내가 묻겠어요. 혜련씨는 그것을 느낄 수가 있는가요?」

「네, 느낄 수가 있을 것 같아요. 아니, 현재도 그것을 느끼고 있으니까요.」

「실례의 말 같지만 실연의 경험이 있는가보군요.」

「네, 그 비슷한 경험이 있어요.」

「용하십니다.」

「네?」

「그것은 사랑이 아니고 종교라고 생각합니다.」

「종교라고요? 그럴까요?」

혜련은 긴장한 표정으로 물었다.

「초인간적인 영원한 것을 바라는 마음이 아마도 혜련씨에게 그러한 심경을 복돋아 주었겠지요. 사랑이 신앙일 수 있는 사람은 행복할 뿐만 아니라 위대하다고 생각하지요.」

혜련은 답변을 잃고 덤덤히 옥영을 바라만 보았다.

「실연은 과정이 어떤 종류의 것인지는 모르지만 혜련씨가 사랑을 신앙에까지 끌어 올리고 있는 데는 허약한 건강에서 오는 체념 때문일 거예요. 신앙은 체념의 철학이라고 생각할 수밖에 없으니까요.」

사모님의 말이 우선 논리적으로 가슴에 왔다. 그러나 그 썩어 가는 가슴으로서는 그러한 논리를 받아 들이기에는 숨이 가빴다. 그 모자라는 호흡이 한혜련으로 하여금 체념의 철학이나마 붙들게 하지 않을 수 없었다. 그것은 마치 열 네살의 소녀의 호흡으로서는 지나치게 숨가빠 조개알을 깨물어 터지면 체념과 같은 계통의 철학이었다.

「사랑하는 행복 속에서 영원을 찾기 전에 사랑받는 행복 속에서 순간을 찾고 싶은 것이 현재의 나의 기원이에요. 머리의 사랑보다도 가슴의 사랑, 생각하는 애정보다도 느끼는 애정이 내게는 필요해요.」

「사모님, 그렇게만 생각하시면 사모님의 오늘의 허무감을 무엇으로 구제합니까?」

「고마워요, 혜련씨. 그렇지만 구제 받을 수 없는 것을 구제 받으려고 애를 쓸 필요가 없다고 생각할 따름이예요.」

　「안돼요, 사모님. 그렇게만 생각하시면 절망 밖에는 없을 거예요. 선생님이 기다리고 계실는지도 모를 테니까 어서 댁으로 돌아가셔야겠어요. 그 뿐인가요 어린 애기들을 생각해서라도 돌아가셔야 해요.」

　혜련은 무심 중 손을 뻗쳐 사모님의 손을 잡아 쥐었다. 정에 격하여 한 두 번 꼭 쥐어 보았다.

　사모님도 같이 쥐어 왔으나 자기보다 힘은 덜 들어 있었다. 덜 들어 있는 그만큼 사모님의 정신적 허탄은 자기보다도 더 크고 더 깊은 것 같았다.

　「사모님, 제가 아가씨를 꼭 만나 볼 테니 사모님은 어서 댁으로 돌아가세요.」

　「고마운 말이지만 아예 만날 생각은 마세요. 외부의 압력으로써 돌아올 남편이 아닐 거예요.」

　사모님의 조그만 손을 만지작거리며 혜련은 얼른 생각했다.

　「아이, 이 손은 돌구름이 애무하던 손! 그리고 사모님의 손을 잡고 있는 내 손은 돌구름이 봉사를 들여 준 손이고……」

혜련은 눈물이 핑 도는 것 같아서 얼른 외면을 했다.

28. 愛慾[애욕]의 行路[행로]

하루 저녁에 폐허처럼 황량해진 혜화동 집이었다.

어머니가 집을 나간 이튿날 아버지에게서 편지 한 장이 날아 들어왔다.

《옥영이 보시오.

나는 이미 한 사람의 남편으로서의 자격을 상실한 사람이요. 이 세상을 제일 즐겁게 해 주던 내가 당신을 이처럼 슬프게 해 줄 줄은 꿈에도 몰랐오.

정녕 당신에게 있어서는 제일 나쁜 인간이 되고만 강석운이요. 무한히 슬픈 일이라고 생각하오.

나는 당분간 서울 땅을 떠나오. 그러나 그것은 당신이 싫어서가 아니고 당신이 무서운 때문이오. 혜화동 일대가 무섭고 아이들이 무섭소. 당신의 비애와 허무가 무섭고 아이의 저주가 무섭소.

언제 돌아올 수가 있을 는지 나는 모르오. 모르지마는

다만 한 가지 예감은 내가 만일 죽을 때가 와서 죽는다면 오로지 옥영의 옆에서만 눈을 감을 수가 있을 것 같다는 것이요.

옥영이, 그러면 안녕히…… 내 입으로 어찌 당신의 안녕을 빌 수 있겠오만, 모든 염치를 무릅쓰고라도 그것을 빌고 싶은 마음에 허위는 없오.

아이들에게는 따로이 쓰지 않겠오. 아버지와 어머님에게도 따로이 쓰지 않겠오. 쓸 것도 없지마는 쓸 수가 없오.

하늘을 무서워 하면서도 하늘에 순종하지 못하는 비겁하고도 약한 사나이로부터》

아이들은 어리둥절 했고 강교수는 깊은 신음을 했다.

그러나, 하루 이틀 날이 갈수록 강교수 내외는 차차 끈을 늦추고 시간의 흐름을 기다리는 마음이 되어 가고 있었고, 혜숙과 도선이는 점점 더 풀기를 잃어가고 있었다. 경숙과 도현이는 아버지와 어머니를 차츰 더 나무라고 있었다.

「뭐예요? 이게 아버지예요? 이게 어머니예요?」

경숙의 열 일곱살과 도현이의 열 다섯살이 부모의 애

정을 규탄하기 시작하였다.

『부성애는 다 어디 가고 모성애는 다 어디 갔어요?』

경숙은 눈자위가 새빨갛게 충혈을 하도록 울고 난 눈으로 할아버지와 할머니를 쏘아보았다.

『오냐, 인제 다 돌아오느니라.』

강교수는 입맛을 쩍쩍 다시며 어두운 얼굴을 하고 있었다.

『돌아와도 난 싫어요! 이제 다 알았어요. 아버지와 어머니가 그런 줄은 정말 몰랐어요』

경숙은 옥영이가 쓰던 안방 책상에 와락 엎디면서 무섭게 흐느껴 운다.

네 아이가 빙 둘러 앉은 한 가운데서 강교수는 푹푹 담배만 피웠고, 할머니는 혜숙이와 도선이에게 사과를 깎아 주고 있었다.

『싫으면 어떡하느냐? 싫어도 부모고 좋아도 부모란다.』

할머니가 그러면서 경숙의 분노를 조용히 꾸짖고 있었다.

『그건 할머니, 말이 안 돼요. 싫어도 부모라면 싫어도 자식이 아니겠어요? 자식이 싫어지면 저희들은 마음대로 아이들을 팽개치고 나가 버리는데 우리들은 뭣 때문에 싫어도 부모를 섬겨야 한다는 말이예요?」

흐느끼는 얼굴을 홱 들면서 경숙은 대들 듯이 말했다.

「아버지는 나빠! 어머니도 나빠!」

도현이도 경숙의 편이 벌써부터 되어 있었다.

그러는데 열 한살짜리 도선이가 냉큼 나서며,

「그래도 누나, 아버지와 어머니가 없으면 어떻게 사니?」

「왜 못 살아!」

경숙이가 밴하니 소리를 쳤다.

「돈은 누가 벌고 일은 누가 하니?」

「그럼, 그렇고 말고.」

혜숙에게 사과를 깎아 쥐어 주며 할머니가 도선을 응원했다.

「싫어요! 난 그런 아버지가 벌어다 주는 돈 안써도 좋아요. 그런 어머니가 일 안해 줘도 좋아요.」

「흥, 그럼 누나는 학교 어떻게 다닐테야?」

「학교 안 다녀도 좋아! 아이, 창피해! 남 부끄러워서 어떻게 학교를 다녀?」

자기 아버지만은 그렇지 않은 아버지라고, 그런 종류

의 불량한 아버지를 가진 동무들 앞에서 언제나 떳떳했고 마음 든든했던 경숙이기에 그의 서글픈 상심은 이루 말할 수가 없었다.

『할아버지.』

경숙은 눈물을 씻으며 새침한 표정으로 불렀다.

『오냐.』

『나 아버지와 어머니한테 편지를 쓸 테예요.』

『편지? 어디 있는지 알아야 편지를 쓰지 않느냐?』

『편지를 써서 신문에다 낼 테예요. K신문 문화부에 있는 송선생에게 부탁하면 내 줄 거예요.』

『뭐라고 쓰느냐?』

『할 말이 있어요. 안 돌아와도 좋다고, 아버지와 어머니가 안 돌아 온대도 우리 네 식구는 죽지 않는다고, 기어코 살아 볼 테라고, 막 해댈 테예요.』

경숙의 입술이 정에 격하여 다시금 비쭉비쭉 이그러지고 있었다.

『음, 그것도 무방하지만 그렇게 되면 세상 사람이 죄 알게 될 텐데…… 네 동무들도 알게 되고……』

『알아도 좋아요. 이제 학교는 안 다닐 테예요. 피아노도 안 살 테예요. 살 돈도 없어요. 신문사 송선생의 말을 들으면 아버지는 S출판사에서 피아노 살 돈으로 남겨 둔 인세를 이십만환인가 삼십만환인가를 찾아 가지고 갔다니까요. 나보다도 아버지는 그 여자가 좋은 거예요.」

경숙은 또 다시 무섭게 흐느끼며,

「예금 통장에 있는 오십만환까지 가지고 가지 않았어요? 이 집까지 왜 안팔아 갔어요?」

부모를 나무라는 경숙의 이 다급한 감정 앞에 강교수는 언뜻 외면을 하며 뭉클 하고 뜨거워지는 눈꼬리를 손으로 씻었고, 도현이와 도선이는 훌쩍훌쩍 콧물을 들여 마셨다. 할머니도 목메인 소리로,

「그래도 부모는 부모지, 그러면 못 쓴단다.」

「우리에게는 부모가 없어요. 우리는 고아예요. 고아지만 죽지는 않아요. 기어코 살아 보일 테에요.」

「누나가 학교에 그만 두면 나도 안 갈 테야.」

도현이가 손등으로 눈물을 씻으며 말했다.

「나는 신문장수 할 테야.」

도선이도 한몫 들어왔다.

「누가 너희들 보고 학교 그만두랬어!」

경숙이가 획 얼굴을 돌리며 빽하니 소리를 쳤다. 부모

가 집을 나간 이후 경숙은 완전히 이 가정의 지배자가
되어 있었다.

『할아버지가 있고 내가 있는데 너희들이 무슨 걱정이
냐?』

『할아버지와 할머니는 이내 죽는다.』

도선이가 아는 체하고 경고를 했다.

『할머니, 죽음 싫어이!』

혜숙이가 할머니의 목을 껴안으며 무릎 위로 올라왔
다.

『죽긴 내가 왜 죽느냐.』

할머니가 혜숙을 끌어안는다.

『오냐, 그만들 하고 이제 자거라. 너희들의 생각도 잘
알았다. 기특한 생각들이지만 내가 있는데 무슨 쓸 데
없는 걱정들이냐.』

강교수의 한 마디가 무연히 흘러 나오는데 도선이가,

『할머니, 인제 달걀 먹지 말고 모았다 팔아요.』

『오냐 오냐, 참 애들도……』

강교수 부인은 눈시울을 손가락으로 조용히 눌렀다.

고영해는 그 동안 수차 혜화동을 찾았으나 서울 땅을
떠났다는 강석운의 소식을 강교수에게서 얻어 듣고는

될대로 될 수밖에 없다는 단념을 하고, 사업욕과 애욕에 이끌려서 밤낮으로 바쁘기만 했다.

고사장 내외도 이제는 하는 수 없이 먼 하늘을 우러러보며 과실히 제물에 익어 떨어지듯이 제발로 영림이가 걸어 들어올 때를 기다릴 수밖에 없었다.

그래도 고사장 부인만은 딸의 걱정을 끈기 있게 하고 있었으나 그러한 끈기가 고사장에게는 없었다. 관철동 윤마담과 황산옥 사이를 오락가락하면서 애리에 대한 욕망을 가끔 확대시켜 보는데서 황혼의 인생을 서글피 체념하는 것이었다.

아들 고영해의 손에 이미 떨어졌을 는지도 알 수 없는 애리였기에 그런 종류의 부도덕은 피해야만 하는 것이라고 자기의 그러한 마음의 자세를 고사장은 노상 어른다운 겸손이라고 생각하는 것이었다.

댄스홀 「애리자」는 언제든지 성황을 이루고 있었다. 마담인 애리 자신이 직접 홀에 나섰다. 마담의 일은 애리 어머니가 도맡고 있었다.

단골 손님이 나날이 늘어갔다. 애리의 개방적인 명랑성과 적당한 불량성이 꿀물이 되어 있었고 그러한 꿈결에 손님들은 머리를 싸매고들 들러붙었다.

그래서 애리는 매일처럼 예약이 있었고 삼 사일씩 기다려야만 차례가 돌아왔다.

「사나이는 움직이는 금고야.」

「무슨 소린데?」

「금고란 본시 무거워서 움직일 수 없는 것이 특징 아냐?」

「그래서?」

「금고의 용도란 돈을 넣어 두고 굳게 자물쇠를 잠가 두는 데 있지 않어?」

「그래서?」

「그렇지만 열쇠만 적당함 언제든지 열어서 돈을 끄집어 낼 수가 있다는 말이야.」

「그 적당한 열쇠를 쥐고 있는게 애리라는 말이지?」

「물어서 뭘해요.」

「음, 움직이는 금고라.」

「고전무도 말하잠 움직이는 금고예요. 금고치고는 대형(大型)이고.」

「음, 대형 금고라.」

「그 금고 속에서 이 커다란 홀이 나왔으니까요. 그만함 대형이죠?」

녹음기에 테이프 레코드에서 감미로운 불루스가 완만히 흘러 나오는 대낮의 홀이다. 그 텅 빈 드넓은 홀 한가운데서 고영해는 애리를 품안에 깊숙이 넣고 봄바다의 물결처럼 흐느적 흐느적 움직이고 있었다.

볼과 볼은 벌써부터 겹쳐져 있었다. 걸어만 다녔다. 〈록크〉만 대고 했다. 다른 거추장스런 〈휘거어〉는 하나도 없다. 〈휘거어〉가 찾으면 볼과 볼이, 가슴과 가슴이 떨어져야만 했기에……

『애리, 그렇지만 걱정이야.』

『뭐가요?』

『특대형 금고가 나타나면 큰일인 걸.』

『네버 마인! 애리는 이미 당신 것인데 뭘.』

『변심하지 말아요.』

『당신이나 말아요.』

『특대형 열쇠를 갖고 있어도 그것만은 사용하지 말아요.』

『남자들은 저희들이 그러니까 여자들도 온통 그러는 줄 아나베?』

『애리가 연애 장사니까 하는 말이지.』

『이제 그 장사는 집어 쳤어.』

『송준오도?』

『메시꼬운 말 그만 해요. 애리의 순정에는 한도가 있어. 거지 발싸개 같은 것이 노상 중뿔만 나 가지구……』

애리의 육체권과 고영해의 금권이 마침내 교환된 것은 사흘 전의 일이었다.

애리는 볼을 바싹 비벼 오며,

『내 걱정은 작작 하고 당신 걱정이나 똑똑히 해요. 유현자를 낚고 있지요?』

『이건 또 무슨 소리야?』

고영해의 가슴 속은 따끔도 않다.

『다 아는 걸 가지고 숨길 필요는 없잖어?』

『알긴 애리가 뭘 알아?』

『이 눈치 저 눈치를 다 채고 있어. 적어도 연애 장산데……』

『나를 너무 사랑하기 때문에 센스가 다소 오버한 것 아니야.』

『천만에 말씀이십니다. 시계처럼 펑츄얼(正確〔정확〕)한 정밀생리(精密生理)를 나는 갖고 있죠.』

『시계도 태엽을 안 틀면 늘어지는 법이고 잘 못 맞추면 빨라도 지지.』

「증거가 있어.」

「무슨 증거?」

「고전무의 결재 도장!」

「무슨 소린데?」

「손등에 찍는 도장은 무엇을 결재하는 거죠?」

「아, 그걸 보았나?」

「보지 않고서 어떻게 알아요?」

「그건 장난이고……」

「능치지 않아도 괜찮아, 문제는 낚었는지 못 낚었는지 그것만 알면 된다니까 글쎄.」

「그런 시골뜨기는 낚어 볼 생각조차 없어.」

「잘 낚어지지가 않는 모양인가?」

「요것이!」

애리의 보조개에서 쪽 소리가 났다.

「거 무슨 소리야?」

「애리의 보조개가 웃는 소리지.」

「아, 하하하……」

애리는 유쾌해졌다.

「술장사나 해 먹긴 아까운 유모어야.」

「연애장사나 해 먹긴 아까운 보조개처럼.」

「부인 병환 좀 어때요?」

「송장 치르기 전에 집어쳐야겠어.」

「아이, 불쌍해. 당신은 잔인해요.」

「잔인한 게 현대적 성격이야. 주위를 돌아다 봐요. 모두가 다 잔인한 에고이스트들이야. 그 누가 남을 위해서 겸손하느냐 말이야. 송준오는 자기를 위해서 애리를 박찼고 영림은 자기를 위해서 송준오를 박찼다. 강석운은 자기를 위해서 부인을 버렸고 부인은 자기를 위해서 아이들을 버렸다. 고사장은 자기를 위해서 내 어머니를 버렸고 황산옥은 자기를 위해서 본 남편을 버렸다. 애리는 자기를 위해서 고영해를 안았고 고영해는 자기를 위해서 송장을 치르기 전에 애리를 이처럼 안는 것이다.」

춤은 이미 아니었다. 고영해와 이애리는 지금 각기 자기들을 위해서 정열에 불타고 있는 것이다. 보조개의 지분이 얼룩이 갔고 루쥬가 차차 희뿌옇게 퇴색해 갔다.

춤을 상실한 테이프 레코드가 탱고를 부르고 있었다.

「모두가 다 자기에게 충실해 있는 거야. 송장 같은 몸으로도 내 아내는 역시 자기에게 충실하고 있어.」

「무슨 뜻이예요?」

「딴 사나이를 생각하고 있다는 말이야.」

『어마?』

『아내는 나의 물질적 원조를 거부했다. 마음 놓고 철저히 자기에게 충실하기 위해서…』

포옹이 끝났다.

『아이, 시장해.』

『정열이 가면 시장기가 온다. 시장기가 가시면 정열이 또 오지.』

『먹고야 사랑인가?』

『사랑만 있으면 먹지 않겠다는 작가들도 있지.』

『그게 누군데?』

『안개를 먹고 사는 사람들!』

『뭐요?』

『꿈만 먹고 산다는 맥의 종족들!』

『알았어, 한숨을 마시고 산다는 예술가 나부랭이들 말이지?』

『대포만 쾅쾅 놓는 성현 군자들도 마찬가지지.』

『그렇지만 그들도 결국 창자가 차야만 대포도 놓고 꿈도 꿀 것이 아냐?』

『그러기에 말이래도, 밥을 먹으면서도 안개를 먹고 산다는 잠꼬대 같은 수작만 늘어놓는 작자들!』

『아이, 정말 시장해요.』

『자아, 요릿상으로 가서 뭐든지 좀 집어 넣고 와요.』

둘이는 홀을 나와 총총히 주방으로 사라져 갔다.

뜨기가 바쁘게 응석을 부리던 칠월 중순의 태양은 오전 열 시를 맞이한 대구 역전 드넓은 광장 위에서 벌써 이글이글 타고 있었다.

오르고 내리고 승객들의 무더기가 여기 저기서 물결치고 있었다. 수십대의 울긋불긋한 택시가 역사 맞은편 주차장에 도사리고 있다가 손님들을 잡아싣고는 손살 같이 시내로 흩어져 들어가곤 하였다.

새하얀 파나마 모자에 보스톤 백을 든 강석운과 그린빛 후레야 스커트에 저고리를 벗어 한쪽 팔에 걸친 고영림은 한길을 건너 역전 광장을 들어섰다.

『선생님, 저기 멋진 차가 한 데 있어요.』

영림은 주차장 쪽을 가리키며 깜자주 빛이 반짝반짝 윤을 내고 있는 고급택시 하나를 골라 잡았다.

『아, 그건 닷지야, 고급이지.』

깜자주 빛 고급차에는 기억이 있다. 지난 날, 을지로 입구에 있는 다방 「기다림」 에서 옥영을 붙들어 간 차가 바로 깜자주 닷지였었다.

『닷지, 맞았어요. 선생님, 차에 대한 지식도 상당하시네요.』

『암, 상당하지. 하성 양조 고사장의 자가용도 바로 저것이었지.』

『어마, 어떻게 그런 걸 다 아세요?』

『소설가가 모르는 것이 있으면 되겠어?』

『어쩌면……』

『귀신 같지.』

『참 모를 일이예요.』

『칸나가 나를 이모 저모로 연구한 것처럼 돌구름도 칸나의 이 구석 저 구석을 연구하고 있었거든.』

『그래서 아버지의 자가용까지 연구하셨군요.』

『그 뿐인가. 고사장의 소실 황산옥 여사의 왼손 약지에는 비취 가락지, 장지에는 카랏트 반쯤 되는 다이야 반지, 기름진 손목에는 백금 시계……』

『아, 그만 그만! 이제 알았어요. 언젠가 수도극장 앞에서 식사를 같이 하시던 때…… 그렇죠?』

『그렇죠!』

『아이, 남의 흉내만……』

칸나의 팔꿈치가 핵하고 돌구름의 옆구리를 찔러왔다.

「불국사까지 몇 시간임 가요?」

깜자주 차 앞으로 걸어가며 영림은 물었다.

「빠르면 두 시간임 갑니다.」

대답보다 먼저 조수는 차 문을 열고 있었다.

「요금은?」

「왕복에 삼만환입니다. 가기만 하는 데가 이만환이구
요.」

「아이, 비싸! 우리 돈 다 떨어졌으니 좀 싸게 해요.」

영림은 벌써 올라 타고 있었다.

「아가씨는 돈이 떨어졌는지 몰라도 선생님의 보스톤
백에는 만환 몽치가 하나 가득……」

「말 말게. 이 속에는 헌 옷가지 밖에 들은 게 없네.」

「선생님, 겸손일랑 마셔도 괜찮읍니다. 보기에는 우
락부락 소도독놈 같아서 경계를 하시는 모양이지만 마음
은 천사처럼 이쁘장하답니다.」

「호호홋…… 이쁘장한 마음씨! 선생님, 아주 독창적
인 표현이죠?」

「음, 확실히 대 문호의 소질이 풍부한 걸! 뜻하지 않은
동호자를 얻었으니 자아, 빨리 랫스 꼬오.」

「오 케! 기분 나이쓰!」

차는 휘익 광장을 감돌아 일로 금호강(金湖江) 다리를 향하여 질주하기 시작하였다.

십 여일 동안 둘이는 대구에서 묵었다. 부산행 차표를 사 가지고 무작정 올라 탄 야간열차가 대구역에서 멋없을 순간, 둘이는 또 무작정하고 내려버렸다.

부산이 한국의 끝이기에 무작정 갈래야 갈 수가 없다.

가도 가도 끝이 없는 시베리아 벌판을 생각하고, 사하라 사막을 그리워 하며 여정(旅程)을 아끼고 한국 땅에 절약하는 의미에서 둘이는 부랴부랴 내렸다. 둘이가 다 같이 대구가 낯선 도시였던 것도 매력적이었다.

역 앞 호텔에서 여장을 풀고 매일처럼 둘이는 고독과 권태와 무료를 모르는 행락(行樂)의 과정을 하나 하나씩 밟아 갔다. 낯선 얼굴과 낯선 사투리가 이방인처럼 서먹서먹한 것이 둘에게는 더우기 좋았다. 서울에서처럼 숨막히지 않고 서둘러 대지 않는 대구의 공기가 둘이의 감정을 차분히 가라앉히고 있었다.

남이 하는 행락을 둘이는 빼놓지 않고 모조리 했다. 다방 출입도 했고 교회에도 나갔다. 음악회도 가고 극장에도 갔다. 빠아에도 가고 땐스홀에도 갔다.

그러는 사이에 둘이는 행락의 피로를 가끔 느끼고 호

텔 일실에 고슴도치처럼 들어 앉아서 얼굴을 마주 바라보며 웃기도 했다.

트럼프로 한나절을 보낸 적도 있다.

달랑달랑 돈도 떨어져 갔다. 물쓰듯이 헤프기도 했다. 더구나 아는 얼굴을 두셋 만난 것이 석운을 우울하게 만들고 있었다. 볼 일이 있어서 잠깐 내려왔다는 서울 젊은이들이었다. 글 쓰는 사람도 있었고 신문사 사람도 있었다.

그들은 모두가 놀란 표정을 하고 영림을 힐끔힐끔 바라보면서 「유혹의 강」이 중단된 이유를 발견하고 있었다. 그중 한 젊은이는 대구에 온지 이틀만에 거리에서 만났다.

연배가 비슷하든가 또는 가까운 사이라면 적당히 발뺌을 해 두고도 싶었으나 그런 친분이 못 되기에 양쪽에서 다 같이 어물어물 했다. 호기심과 경계심이 서로 대결을 하다가 헤어지고 말았다.

『세상은 좁아.』

『좁아서 무서우시지.』

『무섭긴⋯⋯』

『좀 더 아는 얼굴이 없는 데로 가요. 불국사 같은 데로……」

『괜찮아.』

『가요.』

그래서 불국사행을 결행하게 된 두 사람이었다.

차는 금호강 다리를 건너서고 있었다.

『아이, 저 사람들……』

영림은 차창에 기대어 오른편쪽 동촌(東村) 유원지 일대에 흩어져 있는 유흥객과 피서객들을 내다보았다. 강에는 보트 떼가 죽끓듯 했다. 모터 보트가 물결을 가르기도 했다.

닷지 치고는 어쩐지 차체가 무거워 동요가 적다. 그래서 석운은 물었다.

『이 차 닷지지요?』

『아닙니다. 올스 모빌입니다.』

『아, 올스 모빌! 제네랄 모터스에서 나오는……』

『그렇습니다. 시보레 회사지요.』

『어쩐지 보데가 좀 육중한 것 같더니만.』

『원거리 용으로는 마춤입니다. 닷지는 가볍지요. 시내용으론 무방하지만요. 올스 모빌은 대구에 이것 하나밖에 없읍니다. 폰데약이나 캐다락 모두 다 같은 시보레

회삽니다.」

「알아, 포오드 회사 치로서는 링컨이 역시 제일 고급이지!」

「그렇지요. 그런데 선생님, 차 많이 가지고 굴리셨군요?」

「음, 과거에는 자동차 밀수입으로 한 밑천 잡았는데 요즈음 와서는 바람을 피울래기에 졸딱 망했어. 패가망신 격이네.」

「후후……」

하고 영림은 웃다가 말고 무엇을 생각했는지 얼른 석운의 옆모습을 쳐다보았다.

작가로서, 성실한 남편으로서 한 밑천 잡았던 것을 칸나 때문에 졸딱 망했다는 풍자처럼 영림은 들었기 때문이다.

시내 버스가 다니는 반야월(半夜月)까지는 포장된 도로에서 드라이브가 사뭇 흥겨웠다.

하양(河陽)까지는 육십리 길이요 구십리 길인 영천(永川)에는 한 시간 남짓에서 들어 닿았다.

차체가 무거운 올스 모빌은 아무리 속력을 내도 까불 줄을 모른다.

라디오는 배가본드를 방송했다. 〈스페인의 귀부인〉
이 흘렀다. 〈센트 루이스 블우스〉도 흘렀다. 그 격정적
인 고조된 메로디가 피로했던 두 사람의 감각을 모닝
커피처럼 은근히 자근했다.

「춤추고 싶어.」

「호텔에 가서 추지.」

영림은 살그머니 머리를 안겨 왔다. 석운은 영림의 어
깨를 가만히 끌어 안았다. 머리를 안기고 석운의 남은
손을 무릎 위에서 영림은 더듬어 잡으며,

「선생님 품 안에서 칸나는 지금 청춘을 밭갈고 있어
요.」

석운은 대답 대신 영림의 어깨에 힘을 주었다.

「유행가처럼 사랑해선…… 안될 사랑이지만…… 유
행가처럼 눈물의 부산 정거장이 될는지 모르지만……
가는 데까지 이 땅이 끄치는 데까지는 가 보고 싶어요.」

「그래서 지금 가는 거 아니야?」

「내일을 생각하지 말기로 해요.」

「…………」

「과거를 생각하시는건 가급적 절약해 주세요.」

「누가 과거를 생각한댔어?」

『흐응……』

영림은 눈을 가만히 감으며,

『세상이 좋아서 싫어서지?』

『또 쓸 데 없는 말만……』

『한 밑천 잡았었는데 그만 쫄딱 망하셨지.』

『응?』

석운은 얼른 영림을 들여다보았다. 영림은 눈을 반짝 뜨고 석운을 추켜 보며 해쭉 웃었다.

『무슨 말이야?』

『아냐, 아냐! 자동차 밀수입으로 한 밑천 잡았던 거 말이야.』

석운은 웃으며,

『난 또 무슨 말이라고……』

『패가망신두 하시고……』

『응?』

『다 알아요. 그렇지만 괜찮어, 괜찮어요』

다시금 눈을 감고 석운의 품 안에 얼굴을 묻어 왔다.

건천(乾川) 거리에는 우시장(牛市場)이 열려져 있었다. 수십 마리의 황소 암소가 넓은 마당에 웅기종기 모여 있었다. 조수가 라디오를 껐다. 왁자지껄 우시장은 벌둥지를 터뜨린 것처럼 웅성대고 있었다.

『아, 능이 보여! 저것 좀 봐요.』

건천 시가를 빠져 나오면서 부터 거대한 왕릉이 드문 드문 한길가에 흩어져 있었다.

『빨리 저것 좀 보래도!』

『안 봐도 좋아요. 보고 싶지 않아요.』

얼굴을 묻은 채 영림은 종시 우시장도 보지 않았고 능도 보지 않았다.

이윽고 경주시가를 통과할 무렵에야 영림은 얼굴을 들고 창 밖을 내다보았다.

『쓸쓸한 거리예요.』

『쓸쓸한 것이 고도(古都)의 정취지.』

『칸나의 영혼처럼 쓸쓸하군요.』

『칸나가 왜 쓸쓸할까?』

『아마도 선생님의 본을 따는가 봐요.』

『내가…… 내가 언제 쓸쓸해 했어?』

영림은 대답을 하지 않았다.

석운은 가정을 생각했다. 아내와 아이들을 생각하고 마음이 갑자기 어두워졌다. 그 어두운 마음을 영림은 재빨리 계산하고 있는 것이라고, 사랑해선 안될 사람을 유행가처럼 사랑했다고 느끼는 데 칸나의 의욕과 정열은 이미 감상과 애수의 모체(母體)로서 변모를 하고 있는 것 같았다.

『아 저 돌무더기, 기와장 무더기…… 아, 저 능 좀 봐요. 우뚝 우뚝…… 하나, 둘, 셋 넷……』

경주 시가를 차는 빠져 나오고 있었다.

『아까 보라니까 안 보고……』

『지금도 늦지 않아요. 여학생 때 한 번 왔었으니까요. 아 저것이 첨성대(瞻星臺)죠?』

쓰러질 것처럼 한 쪽으로 기울어진 첨성대가 창 밖으로 휙 날아 갔다.

『저기 보이는 저 구름이 계림(鷄林)이구.』

『조그만 더 가면 안압지(雁鴨池)라는 못이 있죠.』

『기억력이 그만인 걸.』

이윽고 왼쪽으로 안압지가 바라다보였다. 집 한 채가 물 가에 둥실 떠 있었다.

사십리 길인 불국사에는 반 시간도 못 돼서 들어 닿았다. 석운도 영림도 두 번째 보는 불국사였다.

울창한 수목이 대웅전 앞마당에 솟아 있었다. 사람들이 희뜩희뜩 나무 사이를 꿰다니고 있었다.

신라호텔은 양실이 없다고 해서 철도호텔에 둘이는 들었다.

뒷뜰에 면한 단층 방이다. 소파가 있고 침대가 있었다. 뒷뜰이 곧 남향이다. 높고 낮은 산줄기와 구름이 멀리 가까이 묵화처럼 아련했다.

『조용해서 좋아.』

푸른 그늘이 방안에 범람해 있었다.

『목욕을 하고 식사를 해요. 영림이 먼저 들어갔다 나와.』

『레디 훠스트니까.』

『여자란 떠받쳐 주면 좋아한다니까.』

『흥.』

영림은 불라우스와 스커트를 벗었다. 양말도 벗어 던져다. 대구에서 산 파자마를 슬리퍼 위에 덧입으며,

『연애 시절에는 레디 훠스트지만 결혼만 하고 나면 젠틀맨 훠스트라죠?』

『나만은 달라.』

『그렇지만 나 선생님과 결혼할 생각은 조금도 없으니까 괜찮아요.』

타월과 비누를 들고 방을 나서려는 영림을 향하여,

『잊은 것 뭐 없어?』

『뭐?』

핸들을 쥐고 영림은 돌아섰다.

『정열의 퇴각이다. 레디 휘스트가 젠틀맨 휘스트로 변모를 하는 것과 마찬가지의 의미에서……』

『아, 선생님, 용서, 용서…… 그만 깜짝……』

영림은 달려와서 입술을 주었다.

『에스큐스 미! 그렇지만 선생님, 사람에게는 망각의 기능이 있다는 걸 이해하셔야지.』

『망각의 기능을 방해해서 미안하오. 정열도 휴식이 필요했던가.』

『어마?』

영림은 민감하게 눈썹을 추키면,

『그건 일종의 세타이어(諷刺)가 분명한데……』

『정열의 퇴각은 망각의 기능을 재촉한다. 그리하여 시간이 흘러간 뭇 애인들은 어수선한 머리에 손질할 것을 망각했고 흐트러진 앞자락을 여밀 줄을 몰랐다. 여자의 저고리 동정과 남자의 넥타이에 때가 꾀죄죄 해도 이미 관심은 없다. 여자는 레디 휘스트를 요청했고 남자는 젠틀맨 휘스트를 강요했다. 오오, 간만(于滿)의 조수와도 같은 정열의 역사여!」

「그건 너무해요. 슬퍼요.」

「아냐 아냐. 내가 작가기 때문에 그렇게 한 번 묘사해 본 것 뿐이야.」

「풍자는 애정의 순수성을 모독하는 거예요. 제게 잘못이 있음 왜 솔직하게 말씀해 주시지 않고.」

「알았어. 인제 다시는 그러지 않을 테니까…… 자아, 빨리 들어갔다 나와서 식사를 해요 아주 전망이 좋은 식당이야.」

석운은 그러면서 영림을 다시 한 번 안아 주었다.

둘이는 목욕을 하고 식당으로 나갔다. 앞이 탁 터진 전망실이기도 했다.

손님이 두셋 차를 마시고 있었다. 석운과 영림은 다 같이 식욕을 잃고 있었다. 일품 요리도 영림에게는 겨워 절반이나 남겼다. 한참 동안 휴식을 즐긴 둘이는 호텔을 나와 불국사 경내로 들어갔다.

울창한 수목 사이로 백운교(白雲橋)와 청운교(靑雲橋)가 구름다리처럼 빗비슴히 뻗어 올라가고 있었다.

「선생님과 이런 데를 이렇게 돼서 올 줄은 정말 몰랐어요.」

「나도 몰랐지.」

「가끔 공상은 해 봤지만요.」

「무슨 공상을?」

「선생님과 어떻게 알게 되어서 여기 저기로 여행을 하는 공상,」

「공상으로 그쳤으면 더욱 아름다웠지. 현실은 추하니까.」

「추할는지 모르지만, 추한 것이 인간이지만 현실의 뿌리 없는 아름다움은 부평초처럼 서글퍼요.」

그러한 서글픔을 영림은 올케 한혜련에게서 발견하고 있는 것이다.

토함산(吐含山)의 영기(靈氣)와 신라의 슬기로운 넋이 둘이의 폐부 깊이 숨어들고 있었다.

「하나, 둘, 셋, 넷……」

석운의 손길을 어린애처럼 부여잡고 올라가며 백운교의 계단을 영림은 셈하고 있었다.

「열 일곱이예요.」

다음에는 또 청운교의 계단을 세었다.

「열 다섯, 둘이 적어요.」

「커다란 어린애 같애. 어린애들은 층계를 곧잘 세어

보지.」

『아냐요, 선생님의 기억을 위해서 일부러 세어 드린 거예요.」

『내 기억을 위해서라고?」

『그럼요, 이 다음에 소설을 쓰실 때나 또 저와 함께 불국사 여행을 온 기행문을 쓰실 때는 꼭 필요하실 테니까요. 열 일곱과 열 다섯! 잊으심 안 돼요.」

『음, 열 일곱과 열 다섯!」

『그때는 내가 어디서 무얼 하고 있을까?」

석운은 얼른 영림을 돌아다보았다. 그러나 말처럼 영림의 표정이 어둡지는 않았다.

『영림은 왜 그런 말을 할까?」

『결과가 뻔하니까요.」

『무슨 소린지 모르겠어.」

『송준오씨의 말이 모두가 다 어리지만 한 마디만은 어리지 않았죠.」

『무슨 말인데?」

『저번 날 축하 파티 때, 미스터 송이 저에게 한 말이 있어요. 선생님과 교제를 하지 말라고, 가정을 가진 사람은 결국에 있어서는 가정으로 돌아간다고요.」

「음………」

「그렇지만 저로서는 어쩔 수가 없었어요. 선생님이 가정으로 돌아가실 때까지는 선생님을 붙들고 있고 싶었으니까요. 선생님이 성실한 분이면 분일수록 가정으로 돌아가시는 시일이 빠를 줄도 알아요.」

「…………」

「이 며칠 동안 선생님은 저 몰래 가정을 많이 생각하고 계시는 줄도 잘알고 있어요.」

「그러나 나는 이제 가정으로 돌아갈 수는 없는 몸이야. 죽기 전에는 못들어간다.」

둘이는 자하문(紫霞門)을 들어섰다. 대웅전 앞 뜰에 사양이 눈부시다. 시골 아낙네들이 한 무더기 참배를 하고 있었다.

「저게 다보탑(多寶塔)이야.」

석운은 오른쪽을 가리켰다.

「선생님, 죽는다는 것 생각해 보신 적이 계세요?」

「저게 무영탑(無影塔)이고……」

석운은 왼쪽을 또 가리켰다.

「…………」

영림은 잠자코 있었다.

무영탑 앞으로 둘이는 걸어갔다. 잠자코 걸어갔다.

서울을 등진지 십 여일, 처음에는 침묵이라는 것을 둘이는 모르고 지냈다.

그러던 것이 얼마 전부터 침묵이라는 방문객이 정열의 틈서리를 헤치며 파고 들어왔다.

『선생님, 무얼 생각하세요?』

『영림, 무슨 생각을 하나?』

이런 대화를 가끔 바꾸게 되었다. 침묵은 정열의 휴게소이기도 했지마는 정열의 계산기이기도 했다.

『이게 아사녀(阿斯女)의 비극을 만들어 낸 탑이야.』

무영탑을 쳐다보며 석운은 말했다.

『아사녀?』

영림은 무영탑의 전설을 모르고 있었다.

『이 탑을 세울 때, 당(唐)나라에서 유명한 석공(石工)을 초청해 왔었는데 그 석공의 아내가 아무리 기다려도 남편이 돌아오지 않길래 멀리 이 신라땅까지 남편을 찾아 왔었대.』

『어마, 당나라에서요?』

영림은 비로소 침묵을 깨뜨렸다.

『응, 수년을 기다려도 돌아오지 않는 남편을 단 한

번이라도 만나 보려고 공사장인 여기까지 찾아왔으나 여자는 부정을 탄다고 하여 이 불국사 경내에는 통 들어서지를 못하게 했대요.」

「그래서요?」

영림의 호기심이 차차 움직이기 시작했다.

「일편단심 사모하는 남편을 보려고 수천리 길을 찾아온 아사녀를 가상히 여긴 일군들이 아사녀를 불쌍히 여기고 하는 말이 공사가 끝날 때까지는 절대로 못 만날테니 여기서 멀지 않은 곳에 못 하나가 있다고 하면서, 탑이 준공되면 그 탑 그림자가 그 못에 비칠 거라고, 그러니까 그리로 가서 그림자가 비칠 때까지 기다리라고 했대.」

「옛날 같은 전설이예요.」

「전설 같은 옛말이지.」

「그래서 물론 기다렸겠죠?」

「암, 워낙이 열녀 같은 현모양처니까 못 가로 가서 기다렸지. 그러나 원체 심혈을 기울여서 세우는 탑인지라 좀처럼 탑 그림자는 비치지를 않고 아사녀는 그만 너무도 기가 막혀서 못에 빠져 죽었어.」

「..........」

영림은 대답을 하지 않았다. 석운의 이야기가 어느덧 열을 띠어 왔기 때문이었다. 선생님은 지금 서울에 두고 온 부인을 생각하고 있는 것이라고 믿었다.

『탑이 다 준공되었을 때야 비로소 석공은 일군들의 입으로 부터 사랑하는 아내 아사녀가 찾아왔다는 말을 들었어. 그러나 석공이 허둥지둥 못으로 달려가 보았을 때는 이미 아사녀는 물귀신이 된지 오래였고 아사녀가 신고있던 신 한 짝이 못가에 남아 있었지. 아아, 아사녀, 아사녀…… 하고 미친듯이 부르짖기를 얼맛동안 하다가 석공도 마침내 아내의 뒤를 따라 물에 빠져 죽었다고 …… 그래서 그 못을 영지(影池)라고 불렀고 이 석가탑을 무영탑이라고 불러 왔다는 거야. 어때 재미 있지?』

『재미 있군요.』

대답이 신통치 않아 석운은 영림을 불현듯 돌아다보았다.

그랬더니 영림은 방그레 웃으며,

『그 석공은 자기의 예술을 위하여 아내를 잃었지만 선생님은……』

『영림을 위해서 아내와 예술을 깡그리 버렸어.』

『가요, 저리로 해서 이제 내려가요.』

범종각(梵鍾閣)을 거쳐 극락전(極樂殿)으로 내려갔다. 마당의 석탑들을 보는 둥 마는 둥 둘이는 총총히 호텔로 돌아왔다.

영림은 확실히 우울해 있었고 무영탑의 이야기를 하는 동안 석운은 금방금방 아사녀의 정성을 지닌 아내 옥영의 절망적이 심정을 헤아려 보며 한 사람의 인간이 과연 한 사람의 인간을 그처럼 학대해도 무방할 자격과 권리가 있을 까를 생각하고 있었다.

하루가 지나고 이틀이 지났다. 호텔 손님들은 석굴암(石窟庵)에 올라간다고 새벽 네시쯤부터 일어나서 서둘러댔다. 동해 바다에서 해 뜨는 것을 봐야만 석굴암을 올라갔던 보람이 있다는 것이었다.

그러나 석운과 영림은 석굴암에 올라갈 생각은 통 안 하고 있었다. 이전에 한 번씩 올라갔던 것을 둘이가 다 구실로 삼고 있었으나 기실은 십리가 되는 가파른 오르막 길이 체격으로나 둘이에게는 고통이 되리만큼 지쳐 있었던 것이다.

「숙소를 옮겨야겠어. 좀 더 값싼 여관으로.」

나흘째 잡히는 날 입에 담기 싫던 한 마디를 석운은 마침내 담고야 말았다.

그때 영림은 침대에 누워서 신문을 뒤적거리고 있었다. 영림도 돈이 떨어져 가는 것을 모르고 있는 것은 아니었다.

　「싫어요. 그런 어둑컴컴한 여관 방은.」

　「싫으면 어떡하나?」

　석운은 소파에 길다랗게 누워서 천장을 멀거니 쳐다보고 있었다.

　「기분 잡쳐요. 처음부터 여관에 들었음 모르지만 누가봄 호텔에서 쫓겨나가는 줄로 알텐데……」

　「그래도 하는 수 없지 않아?」

　「제 이어링과 넥크레스 팔아요. 이 시계도……」

　「시계는 내게도 있어.」

　「그걸 다 팔면 며칠 더 묵을 수 있잖아요.」

　「여기서는 팔 수 없고, 경주엘 나가야겠는데……」

　「…………」

　「경주 구경도 할겸 같이 나가 볼까?」

　「선생님, 혼자 나갔다 오세요. 전 고단해서 좀 누워 있겠어요.」

　「그래?」

　석운은 담배를 푹푹 피우며 여자의 귀걸이와 목걸이를

들고 금방을 드나드는 자기의 모습을 쓴 웃음과 함께 상상했다.

이런 경우가 만일 옥영이었더라면 여자의 소지품을 들고 금방엘 드나드는 남편의 꼬락서니를 생각해서라도 침대에 누워 있을 사람과 경주로 나가는 사람의 위치는 바뀌어졌을 것이다.

『그럼 혼자 나갔다 오지.』

석운은 훌쩍 소파에서 일어났다. 거울 앞에서 넥타이를 매는데,

『선생님 오래 있지 말고 곧 돌아오세요.』

『웅.』

『혼자서 쓸쓸해요.』

『무얼 잠시 동안……』

『선생님은 그래 저와 떨어져 있어도 쓸쓸하지 않으세요?』

『커다란 어린애! 칸나의 지성은 다 어디로 갔나?』

『선생님이 홀딱 다 마셔 버렸지.』

『요것이 사람을 막 녹여!』

석운은 휙 하고 침대로 달려오자 영림의 얼굴을 마구 덮었다.

「어마, 선생님 샤쓰 깃에 입술 자욱이……」

거칠은 포옹이 저지른 실수…… 석운의 샤쓰 깃 앞 자락에 화판처럼 빨간 입술 꽃이 피어 있었다.

「이 일을 어쩌나? 새것은 이것 밖에 없는데.」

「다른 걸 줘요.」

「다른 것은 없어요. 두개 다 입다가 벗어 놓은 건데요.」

영림은 침대에서 내려와 보스톤 백을 열었다. 꼬기꼬기 뭉쳐서 틀어 박아둔 샤쓰 두개가 나왔다. 옥영이었더라면 오늘날로 세탁소에 내 주었을 것이요, 지금쯤은 빳빳이 다려져 있었을 것이다.

「다른 걸 하나 사 입고 오세요.」

「여자의 귀걸이까지 팔아 먹는 신센데 무슨 돈이 있어서.」

「아이, 너무 돈 돈 하지 마세요. 사람이 돈을 써야지, 돈이 사람을 쓰게됨 어떻게 해요?」

「흥, 좋은 말이긴 좋은 말인데……」

석운은 입었던 샤쓰를 벗고 꼬기꼬기 더럽혀진 것으로 갈아 입었다.

「시계는 내것을 팔 테니까, 하나는 있어야지.」

귀걸이와 목걸이만을 주머니에 넣고 영림의 조그만 시계는 도로 내주었다.

『그럼 다녀 올께.』

석운은 총총히 호텔을 나섰다.

29. 女性[여성]의 宿命[숙명]

그 무렵 중앙 문단에서는 유혹의 강을 이유 없이 중단하고 갑자기 자취를 감추어버린 작가 강석운에 관한 스캔들이 날개가 돋힌 듯이 퍼져 나가고 있었다.

강석운이가 어떤 젊은 여자와 대구시가를 방황하고 있는 것을 보았다는 사람이 여기 저기서 나타났다. 그 젊은 여성은 학생이라는 이도 있었고, 모유부녀라는 이도 있었고, 땐서라는 사람도 있었다.

부인 김옥영 여사도 가정을 버리고 집을 나간 채 돌아오지 않는다고 했다.

가정 낙원설의 제창자 강석운은 이리하여 드디어 실락원의 주인공이 되어버리고 말았다는 것이다.

강석운을 중상하려는 패들은 이와같은 사실에다 가지

가지의 추잡한 스캔들을 그럴 듯하니 덧붙여서 퍼뜨려 놓았고 강석운과 사이가 좋지 않은 모주간지에서는 「유혹의 강」의 중단과 작가 강석운의 애욕행각을 까십 풍으로 취급하고 있었다.

이럭저럭 하여 강석운의 애욕의 도피행은 문단 뿐만 아니라 사회적으로 사람의 입에 오르내리게 되었고 행인지 불행인지 안국동 김박사 부인 오신정 여사도 모환자에게서 이런 사실을 얻어 듣고 놀라지 않을 수 없었다.

오신정 여사는 옥영의 남편 강석운이가 집에 있는 줄로만 알고 있을 뿐, 서울을 떠나 멀리 대구 시가를 방황하고 있는 줄을 꿈에도 몰랐다. 그것은 옥영도 마찬가지였다.

오신정 여사는 사실을 옥영에게 알리기 전에 우선 혜화동을 방문하여 소문의 진위를 알아볼 필요를 느꼈다.

오여사가 부랴부랴 혜화동 옥영의 집을 방문한 것은 오후 한 시가 넘었을 때였다. 강교수는 정릉 집이 비어서 그리로 나가 있었고, 강교수 부인이 혜숙이를 데리고 외로이 집을 지키고 있었다. 큰 아이들은 아직 학교에서 돌아오지 않았다.

강교수 부인의 입에서 오여사는 모든 것을 알 수가 있

었다. 옥영이가 집을 나간 이튿날 강석운은 편지 한 장을 띄워 놓고는 영영 돌아오지 않는다는 사실과 강석운이가 대구 시가를 방황한다는 소문도 신문사 송기자에게서 얻어 듣고 집안에서는 이미 알고 있다는 것이었다.

그 뿐만이 아니었다. 경숙이가 참다 못해서 마침내 돌아올 줄 모르는 아버지와 어머니에게 대한 편지를 써 가지고 K신문사 송기자를 찾아갔다는 것이었다.

『그게 언젭니까?』

『이 삼일 전이랍니다. 이왕 세상이 죄 아는 일이니 숨길 필요가 없다고 하면서, 그 애도 제 어미 성미를 닮아서 무척 뾰족한 데가 있지요.』

강교수 부인은 혜숙을 무릎 위에 안아 올리며 조용한 답변을 하고 있었다.

『그래 경숙의 편지가 언제쯤 신문에 난답니까?』

『글쎄, 그런 건 잘 모르지만……』

『할머니, 이 편지는 제가 잠깐 빌려 갖고 가겠어요. 곧 가져 올 테니까요.』

옥영한테 보낸 강석운의 편지였다.

『그러시오. 그런데 애 어미가 정말 어디 있는지 모르시오?』

『할머니, 걱정 마세요. 옥영이가 있는 데를 제가 잘 알아요.』

『그러셔요.』

강교수 부인은 이루 말할 수 없이 기쁜 얼굴을 했다.

『혜숙아, 이제 엄마를 데려다 줄게. 참 혜숙인 얌전도 하지.』

『엄마 죽지 않았나?』

『애도, 죽긴 왜 죽어? 혜숙이가 이처럼 이쁜데……』

혜숙의 머리를 한 번 쓸어 보고 오여사는 황황히 몸을 일으키었다.

『혜숙이 하나만이라도 데리고 나올 걸.』

날이 갈수록 옥영은 아이들 생각이 골똘히 사무쳐 왔다. 혜숙은 막내 아이라서 남편이 제일 귀여워 했다. 아버지만 있으면 혜숙은 어머니가 없어도 과히 쓸쓸하지 않을 것이라고 그래서 할머니도 따르는 혜숙이었기에 홀몸으로 나온 옥영이었지만……

『이래서 남편을 잃은 아낙네들이 가정을 지키게 되는 지도 몰라.』

남편에 대한 체념이 차차 생기면서 부터 옥영의 모성애가 점점 강렬하게 머리를 들기 시작했다. 처음에는 남편을 위해서 남 몰래 흘리던 눈물이 날이 갈수록 아이들을 위해서 옥영은 흘리게 되었다.

아이들만을 위해서도 살아 갈 수 있는 체념이 점점 굳어져 가고 있는 옥영이었다. 조석으로 남편의 얼굴을 대하기가 죽기보다 싫어서 오늘 내일 하면서 옥영은 그냥 삼청동에 주저 앉아 있었다.

모성애로서 아내들을 가정에 동여매 두도록 만들어 준 조물주의 사상이 그지 없이 원망스러우면서도 한편 무한히 고맙기도 했다. 이 모성애마저 아내들에게 없었던들 무엇에 마음을 붙이고 살아갈 것이냐고, 뭇 아내들이 그렇게 하듯이 옥영도 결국은 한 사람의 평범한 여성으로서 아이들을 기르는데 삶의 이유 같은 것을 발견하고 있었고 또한 발견하려고 노력을 해야만 하는 여성들의 숙명을 생각하고 있었다.

그렇지만 그것은 어디까지나 여성들의 숙명일 뿐 여성들의 기원은 아닐 것이라고 그 떠맡겨진 대의명분 속에서 자기의 참다운 삶의 자세는 여전히 발견하지 못하고 있었다.

「고영림! 나의 행복을 송두리째 뽑아 버린 고영림!」

처음에는 고영림보다도 남편을 탓했던 옥영이가 오늘

에 와서는 남편보다 고영림을 좀 더 탓하는 심정이 되어 가고 있었다.

옥영은 석양 볕에 내려 쪼이는 화단을 멍하니 내다보며 지난 날 남편을 찾아 와서 방글거리던 영림의 얼굴과 그래도 가 봐야겠고, 종시 나가 버리던 남편의 최후의 얼굴 모습이 축 늘어진 봉선화 무더기 위에서 주마등처럼 빙글빙글 돌아가고 있었다.

이윽고 화단이 차차 번져지고 주마등이 갑자기 뭉그러졌다. 눈물이 주루루 옥영의 볼을 스쳤다. 옥영은 입술을 깨물고 있었다. 비쭉비쭉 어린애들처럼 보기 흉하게 이 그러지려던 입술이었다.

울어서는 안 된다고 울었댔자 별 수 있느냐고 자기 불행의 증언(證言)과도 같은 눈물이기에 아무도 보지 않는 잠자리에서 까지 기를 쓰고 막아 온 눈물이었다.

자기의 불행을 아무에게도 보이고 싶지 않았고 아무에게도 동정 받고 싶지 않았기에 불행의 목격자요 불행의 동정자인 눈물은 옥영에게 있어서 위안이 되기 전에 자학(自虐)을 의미하고 있었다.

그래서 피가 나도록 꼭 깨물어 댄 입술이었으나 옥영의 눈물은 마침내 옥영의 입술을 적시고야 말았다.

『변함 없이 영영 같이 살다가 죽자던 당신이……』

아무리 깨물어도 입술은 마침내 불쭉비쭉 이그러져 갔다. 조수처럼 흐느낌이 밀려 나왔다.

옥영이가 방문을 닫는데

『사모님, 좀 건너 오세요. 쓸쓸해서 못 견디겠어요.』

안방에서 혜련의 목소리가 응석을 하듯이 흘러 나왔다.

며칠 전부터 또 다시 자리에 누워버린 혜련의 병세였다. 이번에는 정말 죽을 것만 같다고, 혜련은 옥영을 언니처럼 모시기도 했고 언니처럼 어리광도 부렸다.

『그래요, 이제 건너갈 게요.』

옥영의 대답은 젖어 있었다.

눈물에 얼룩진 얼굴을 간단히 고치고 옥영은 안방으로 건너 갔다. 혜련의 어머니는 건너방에서 재봉을 하고 있었다. 더운 날이었다.

『덥죠, 사모님?』

혜련은 누운 채로 머리맡에서 부채를 집어 옥영에게 권했다.

『그래도 어제보담 좀 난 것 같아요.』

옥영은 권하는 대로 부채를 들며

「각혈을 해서 그런지 얼굴이 창백해요.」

「항상 그런 걸요.」

「걱정이예요.」

「걱정…… 저 정말 아무런 걱정도 없어요. 이렇게 사모님과 조용히 이야기하다가 덜컥 숨이 끊어져 죽었으면 좋겠어요. 그럼 정말 한이 없을 것 같아요.」

혜련은 그러면서 빙그레 웃었다.

「아이 혜련씨도 무슨 그런 말을 하세요. 죽긴 왜 죽어요?」

옥영은 혜련이가 측은하여 견딜 수 없었다.

「어머니, 뭐 없어요? 사모님이 건너오셨어요.」

혜련은 건너방에서 재봉을 하는 어머니를 향하여 소리를 질렀다.

「아이 그만 두세요, 내 걱정은……」

그러는데 어머니의 목소리가

「그래 내 화채를 만들어 줄게.」

재봉틀 소리가 멎으며 어머니가 방을 나섰다.

「밤낮 얻어만 먹고 아이 부끄러워요.」

「원 무슨, 뭘 대접한 것이 있어야죠. 사모님만 옆에 있으면 그 애는 항상 마음이 편하답니다.」

부엌으로 들어가면서 하는 어머니의 말이다.

『아이 참, 제가 말동무나 했지, 뭐 해 드린게 있나요?』

『그 애는 어렸을 적부터 강선생님의 소설이라면 죽을 둥 살 둥이었답니다. 돌구름 돌구름하면서 원산해수욕장에서 한 번 보 선생님인데 글쎄 어쩌면 그렇게 따르는지……』

『아이, 어머니도! 따르긴 누가 따른댔어요?』

어머니의 말을 욱박지르는 혜련의 창백한 두 볼에 핏기가 홱 떠올랐다.

『어머니는 참 주책도 없으셔.』

『그럼 어떠세요.』

옥영은 미소를 지었다. 그런 독자가 한 둘 뿐이냐고 남편의 수 많은 여성독자들을 불현듯 머리에 그려 보며 무심 중 그대로 넘겨 보내려다가 후딱 기억을 새롭힌 것이 꽃봉투였다.

(혹시 그 꽃봉투의 발신인이 이 한혜련이가 아닐까?)

고영림의 필적은 분명히 아니었다.

《선생님은 항상 제 금심(琴心)에 살아 계시오며, 이렇게 일년에 두 차례씩……글월을 올릴 수 있는 행복만이 제 삶의 보람인가 하옵니다. 금심(琴心)은 조용히 올림》

옥영은 언제나 판에 박은 듯이 꼭 같은 꽃봉투의 글월을 생각했다. 혜련의 별명이 혹시 금심(琴心)이 아닐까?

(금심이란 거문고의 마음이라는 뜻인데……)

그러다가 옥영은 돌연

(가만 있어! 그이는 그때 혜련에게 봉선화의 전설을 이야기해 주었다지 않아? 피리를 부는 학녀와 거문고를 타는 봉선이의 이야기…… 그러니까 거문고의 마음은 곧 봉선이의 마음을 의미하는 것이 아닐까?)

그러한 봉선이의 서글픈 심정을 한혜련은 남편에게 대해서 품고 있는 것이 아닐까? 그래서 후딱 바라본 옥영이었으며, 그래서 또 후딱 눈을 감고 시선 둘 곳을 찾지 못하고 있는 혜련인지도 몰랐다.

옥영은 갑자기 혜련의 필적이 보고 싶어졌다.

사과와 도마도를 썰어 넣고 어머니가 화채를 만들어 왔다. 어머니는 도로 건너가서 재봉틀에 올라 앉았고 혜련은 일어나 앉아서 옥영과 같이 화채를 떴다.

아무리 생각해도 혜련의 필적을 볼 도리가 없고 심심

풀이인 것처럼 옥영은 책상에 꽂힌 잡지나 소설책 같은 것을 여러 권 뽑아 가지고 뒤적거리고 보았으나 혜련의 필적은 하나도 보이지 않았다.

『사모님!』

한참 동안 잠자코 앉았던 혜련이가 잡지를 뒤적거리는 옥영을 조용히 불렀다.

『네?』

옥영은 시선을 들었다.

『이 다음…… 그게 언제가 될는지 모르지만…… 그렇게 멀지도 않은 일이지만요 제가 죽을 때, 사모님을 보고 싶다면 사모님, 와 주시겠어요?』

쓸쓸한 미소와 함께 혜련은 옥영을 빤히 바라보았다.

『왜 그런 말만 자꾸 하세요?』

옥영은 잡지를 가만히 접어 놓았다.

『왜 그런지, 사모님의 손을 꼭 쥐고 죽고 싶어요.』

『언제든지…… 그야 언제든지 뛰어 오겠지만……』

『정말이세요?』

『내가 왜 혜련씨에게 거짓말을 하겠어요? 나 같은 걸 다 언니처럼 믿고 따라 주는 혜련씬데.』

『사모님, 정말 꼭 와 주셔야 해요.』

「글쎄 꼭 온대도 그려셔.」

옥영은 한 걸음 다가앉으며 혜련의 손길을 끌어다 잡았다.

「사모님, 약속!」

혜련은 옥영의 새끼 손가락에다 자기의 핏기 없는 새하얀 새끼 손가락으로 깍지를 꼈다 옥영도 힘껏 손가락에 힘을 주며

「봉선화가 어쩌면 이렇게 곱게 들었을까?」

깍지를 낀 혜련의 새끼 손가락을 옥영은 들여다보며

「봉선화꽃 좋아하세요?」

혜련은 웃는 낯으로 어린애처럼 끄덕끄덕 했다.

「오오, 그래서 봉선화를 저렇게 많이 심으셨군.」

「사모님은 봉선화 좋아 안 하세요?」

「왜 안 좋아해요.」

「봉선화의 전설을 제가 들은 건 선생님한테서예요.」

「아, 옛날…… 원산 송도원에서요」

「네, 그때는 어려서 그랬는지, 아이, 봉선이가 가엾어서 죽을 뻔했어요. 슬퍼서 자꾸만 울었지요.」

「참 서글픈 전설이예요. 거문고 소리가 나지만 않았으면.」

옥영은 생각하는 바가 있어 자연스럽게 맞장구를 쳤다.

『그러기에 말이예요. 사람의 운명이란 정말 모를 일이라구, 그때는 어린 마음에 먼저 와서 피리를 불던 학녀가 어찌나 미운지.』

『그랬었어요?』

『그럼요, 피리나 거문고나 마찬가지 악긴데 하나는 소리가 높고 하나는 소리가 낮았을 뿐이지, 두 처녀의 정성이야 마찬가지가 아니겠어요? 피리를 부는 마음이나 거문고를 타는 마음이나 똑 같을 텐데……』

옥영은 언뜻 생각이 나서

『그럼요. 학녀의 적심(笛心)이나 봉선이의 금심(琴心)이나 마찬가지죠.』

금심이라는 말을 옥영은 일부러 썼다.

순간, 깍지를 낀 혜련의 손길이 잘게 경련을 일으켰다. 혜련의 시선이 옥영의 표정을 후딱 살펴보다가 오들오들 떨어져 나갔다. 이윽고 혜련은 깍지를 풀고 화단을 내다보았다. 옥영은 이제 모든 것을 안 것 같았다.

여기에도 또 자기의 남편을 극진히 생각하는 여인이 있었더냐고, 꽃봉투의 주인공인 금심을 한혜련이라고 단

정하는 순간, 늘상 그러하던 것처럼 그 어떤 불안 같은 것을 희미하게 느끼면서도 옥영은 한혜련의 그 지극한 정성에 눈물겨운 친밀감을 느끼는 것이었다.

자기의 손길을 아니 자기의 손길이나마 꼭 붙잡고 죽기를 진심으로 원하는 혜련의 서글픈 심정을 가만히 생각해 보며

『혜련씨의 말마따나 모든 것이다. 숙명인가 봐요. 학녀의 행복도 봉선이의 불행도……』

『그런가 봐요. 그렇지만 봉선이의 불행이 없었던들 그처럼 아름다운 봉선화의 전설은 생기지 않았을 거 아냐요?』

『봉선화의 전설을 무척 좋아하시나봐요.』

『정말 좋아요. 손톱이 벗겨져서 피가 나도록 거문고를 탓하지요. 그리고는 죽었지요. 아무 말도 없이 봉선이는 죽었지요.』

아무 말도 없이 혜련도 죽을 것이라고 고영림의 의욕과는 딴판인 한혜련의 기라처럼 예쁘고 호수처럼 조용한 애정의 자세를 옥영은 그지없이 다사롭게 여기고 있었다.

『옥영이 어디 갔어?』

말을 잃고 두 여인이 조용히 앉아 있는데 오신정 여사의 목소리가 대문을 들어서며 뜰 아랫방으로 걸어가고 있었다.

『아, 언니, 나 여기 있어요.』

『사모님 좀 들어오세요.』

옥영과 혜련이가 오신정 여사를 맞아 들이는데 혜련 어머니가 건너방 재봉틀에서 일어서며,

『아니, 이 더위에…… 그렇지 않아도 저녁 무렵쯤 치마가 다 될 것 같아서 갓구 갈려던 참인데…… 어서 좀 올라 오셔요.』

『괜찮아요. 천천히 하세요.』

오신정 여사는 안방으로 들어서며

『일어나 앉았구면, 좀 어떤가?』

『괜찮아요. 어서 사모님 좀 앉으세요.』

혜련은 자리를 권했다. 오여사는 털썩 주저앉으며

『환자 둘이 마주 앉아 있는 풍경이 그럴 듯하구면. 아이 더워!』

옥영은 부채를 쥐어 주며

『이 더위에 어떻게 왔어요?』

『글쎄 병쟁이 노릇을 잘 하는지 알아 보러 왔다니

까.」

옥영과 혜련은 조용히 웃었다. 웃으면서 옥영은

「병쟁이 노릇 인제 안 해도 무방하게 됐어요. 혜련씨가 날 알아보는걸.」

「그래? 탄로났구먼.」

어머니가 또 화채를 만들어 가지고 왔다.

「아이, 고맙구먼요. 목이 말라.」

오여사는 그릇째 들고 벌컥 벌컥 마셔 댔다.

「천천히 앉아 노세요.」

어머니는 이내 자기 방으로 건너갔다.

「좋은 어머님이야.」

그러다가 오여사는 옥영을 향하여

「야, 너 빨랑빨랑 집에 들어가야겠드라. 집에 있는 줄로만 알았던 네 남편인데 인제 가 보니까 꿩 구어 먹은 자리야.」

「..........」

「네가 집을 나온 그날 밤부터 여태껏 안 들어왔다는 거야. 소문을 들으니 영림인가 뭔가를 데리고 팔도 강산 유람을 떠났대나. 대구에서 본 사람이 있대. 모 주간지에 까십까지 나리만큼 모두들 알고 있는데 너 혼자 맨꽁무

니로 이렇게 앉아 있어도 되겠느냐 말이야」

『대구엘 갔더래요?』

『잘 되지 않았어? 보기 싫은 사람이 없어졌으니 빨랑 빨랑 집으로 들어가거라. 혜숙인 엄마가 죽은 줄로 알고 있더라.』

『할머니, 안 와 있어요?』

『왜 안 와 있겠니? 아들 며느리가 하루 저녁에 없어졌는데.』

옥영이가 발딱 일어섰다.

『왜 이리 질겁이냐?』

『언니나 집에 가겠어!』

울먹울먹 하고 섰는 옥영의 손목을 끌어 앉히며

『이야기나 듣고 가야지. 이것 좀 읽어 보구……』

석운의 편지를 오여사는 내놨다.

남편의 편지를 읽고 난 옥영에게 오여사는 그의 독특한 변설로 추켰다 하면서 한참 수선을 떨다가 핸드백에서 신문 한 장을 끄집어냈다.

『이것 좀 읽어 봐라.』

그것은 가도 판매의 K신문이었다. 사회면 사단 제목으로 아버지 어머니에게 호소하는 경숙이의 편지였다. 경숙이의 사진도 났다.

《아버지 어머니, 돌아오시라── 작가 강석운씨의 장
녀 경숙양의 절절한 호소문──》

이러한 제목의 글이었다.
『흥, 아버지 어머니가 유달리들 똑똑하더니만 부모의
가르침을 본받았는지 경숙이도 무섭게 똑똑하더라 얘.』
오신정 여사는 여전히 빙글거리고 있었다.
옥영은 신문을 펴 들었다.
기사는 매우 온건하였다. 소설 게재 관계도 있고 하여
강석운의 인신 공격같은 것은 별로 없었다. 작가 강석운
의 오늘의 행동을 진지한 태도로써 취급하고 있었다.
「유혹의 강」의 작가로서 작품과 작가의 행동성과의
관련 문제로 한 보도 기사였다. 강석운의 행동에 대한
진지한 세평을 요망한다는 간단한 앞말과 함께 경숙이의
호소문을 좀 더 중대히 취급하고 있었다.

《사실 경숙양의 호소문 가운데는 부모와 자식 사이에
새로이 움트고 있는 현대적인 윤리 관계가 다분히 암시

되어 있었다. 자식의 눈에 비쳐진 부모의 행동이 신랄하게 비판되고 있는데 오늘의 새로운 윤리관이 형성되고 있었을 뿐 아니라, 그러한 모랄은 이미 그들 틴에이저(十代)의 소녀들의 생리화를 의미하고 있는 것이아닐까 한다.》

이것이 기사 앞 말의 한 대목이었으며 경숙의 호소문은 다음과 같았다.

《아버지, 어머니!
그립습니다. 밀물이 갑자기 찌듯이 하루 저녁에 저희들 눈앞에서 사라진 아버지와 어머니, 허황한 꿈결처럼 사라져 간 아버지와 어머니, 집안은 일순간에 폐허처럼 쓸쓸하고 어둡고, 무더운 날씨이거만 찬바람만 불고 있는 가정으로 돌변했습니다. 아이들은 자다가도 벌떡 일어나서는 아버지와 어머니를 찾았고 그러다가는 시무룩해서 벽을 향하여 슬며시 돌아 누워서는 소리없이 웁니다. 처음에는 소리를 내서 훌쩍훌쩍 울었지만 요즈음에 와서는 절대로 울음소리를 내지 않습니다. 제가 울지 못하게 했습니다. 울기만 하면 무작정 제가 욕을 했습니다.

커다란 자식이 뭐냐고, 도현이가 울 때는 쥐어 박기도 했읍니다.

아버지와 어머니의 자식인 아이들을 제가 함부로 욕지거리를 하고 쥐어 박을 권리가 제게 있다고는 물론 생각하지 않습니다. 그렇지만 아버지와 어머니는 이미 아이들을 버렸기 때문에 저희들은 응당 부모를 잃은 고아일 수밖에 없읍니다. 따라서 부모가 팽개치고 간 권리와 의무가 제게로 돌아온 것 같아서 욕도하고 쥐어 박기도 했읍니다. 울고만 있을 때가 아니라고 생각했기 때문에 절대로 울지 못하게 한 것입니다. 부모가 자식들을 위해서 울어 주지 않는 것을 자식이 부모를 위해서 울 필요가 없다고 저는 생각했기 때문입니다.

아버지는 어머니와 네 아이의 사랑을 합쳐 봐도 그 젊은 여자 하나의 사랑만 못해서 가정을 버리고 나갔읍니다. 어머니는 저희들 네 아이의 사랑을 합쳐 봐도 아버지 하나의 사랑만 못해서 집을 나갔읍니다. 이러한 아버지와 어머니를 위해서 저희들이 울어야만 할 필요가 어디 있겠습니까? 죽어도 울지를 않으렵니다. 어느 누구든지 우는 자식을 보기만 하면 경숙은 마구 갈겨 줄텝니다. 울기 전에 우리는 살아야 합니다. 먹고 살아야 합니다.

고아라도 모두가 다 죽지는 않습니다. 경숙은 반드시 살아 보일 테예요. 아버지와 어머니가 없어도 동생들을 훌륭하게 키워 보일 테예요.》

옥영은 더 읽어 나갈 기력을 잃고 와락 신문으로 얼굴을 덮었다.

《아버지, 어머니!

아버지에게는 아버지의 세계가 있었고, 어머니에게는 어머니의 세계가 있듯이 저희들은 또 저희들의 세계가 있어야만 하겠다고 생각했습니다.

부모들은 아이들을 위해서 있는 것이라고 믿어왔던 저의 생각이 송두리째 허물어지는 순간, 저는 그지 없이 허무했고 쓸펏습니다. 아버지도 그렇고 어머니도 그렇고 모두가 다 자기 일신의 행복을 위해서 살고 있다는 확실한 증거를 저는 보았습니다. 부모는 자식을 사랑해야 되고 자식은 부모를 공경해야 한다는 학교 교단에서 들은 말이 얼마나 공소한 교훈인지도 이제는 절실히 알 것 같습니다. 적어도 제 아버지와 제 어머니 만은 그렇지 않을 줄로 믿고 있던 저희들의 긍지는 무너졌습니다.

나쁜 아버지와 무정한 어머니! 어머니의 슬픔과 절망은 저도 잘 알 것 같아요. 그래서 저는 나이는 어리지만 여자의 입장에서 어머니를 무척 동정은 해요. 그렇지만 그렇다고 해서 저희들까지 내버리고 집을 나간다는 것은 너무 해요. 아버지는 원체 나쁜 아버지니까 말할 나위도 없지만 어머니까지 저희들을 버리실 줄은 정말 몰랐어요.

어머니, 어서 돌아오세요. 아버지 없는 가정이지만 우리 사남매는 열심히 어머니를 모시겠습니다. 그리고 아버지, 아버지께서 그처럼 소중히 여기시던 이 가정을 영영 버리시겠습니까? 그렇지만 아버지와 어머니가 진정 돌아오기가 싫으시다면 안 돌아오셔도 좋습니다. 우리 사남매는 기어이 살아 가겠습니다.》

옥영은 신문을 접어 쥐며 홱 일어섰다.
「신정 언니, 나 집에 가겠어!」
옥영은 울고 있었다.
「잘 생각했어. 필시 그럴 것 같아서 택시를 돌려 보내지 않고 골목 밖에 세워 두었지.」
「혜련씨, 다시 찾아 뵙겠어요.」

「사모님, 어서 돌아가 보셔야겠어요.」

옥영은 건너방으로 들어가서

「어머니, 신세 많이 졌어요.」

「어머나, 어떻게 그처럼 갑자기?」

혜련 어머니는 재봉틀에서 훌쩍 일어섰다.

「옥영이의 속앓이 병이 다 낫나봐요.」

오신정 여사가 그런 말을 하면서 뜰아랫방으로 들어가서 옥영이가 쓰던 자실구레한 도구와 이부자리를 꾸려가지고 나왔다.

혜련과 어머니는 골목 밖까지 따라 나와서 친절한 전송을 했다.

「혜련씨, 어서 들어가서 누워 있어요.」

오여사와 함께 옥영은 차에 올랐다.

「어떻게 된 노릇인지 알 수가 없구만. 그래도 그처럼 부랴부랴 떠날 줄은 모르고.」

혜련의 어머니는 여전히 어리벙벙해 있었다.

「노인네는 모르시는 편이 좋아요.」

오여사는 유쾌히 웃었다.

「그렇지만 혜련이가 오죽이나 서운해 할라고.」

「혜련씨, 몸 조리 잘 하세요.」

옥영은 눈물을 씻으면서 말했다.

『사모님도……』

혜련은 말끄러미 옥영의 얼굴을 바라다보며

『사모님, 종종 들러 주세요.』

옥영은 혜련의 손길을 한 번 잡아보며

『들리고 말고요. 너무 마음 약하게 가지지 말고 희망을 품어야 해요.』

『안녕히 가세요.』

『안녕히 계세요.』

차가 저만큼 서 커브를 하여 보이지 않을 무렵까지 혜련 모녀는 골목 어귀에 우두커니 서 있었다.

안국동 병원에 들러 이부자리를 내려 놓고 오신정 여사와 옥영이가 혜화동에 도착했을때는 도현이와 도선이가 학교에서 돌아와 있었다.

『아, 어머니가?』

마당에서 비질을 하고 있던 도현이가 허리를 펴며 주춤하고 서서 정문을 들어서는 옥영을 낯선 사람처럼 멀거니 바라보는데

『엄마, 엄마아!』

짱아채를 들고 잠자리를 쫓아가면 도선이가 짱아채를

냉동댕이 치고 다람쥐처럼 기를 쓰고 달려 왔다.

『도선아!』

『엄마!』

달려드는 도선을 옥영은 꽉 부여안았다. 옥영의 배꼽 노리에서 도선의 까만 대강이가 무섭게 비비적거렸다. 옥영은 무릎 하나를 마당에 꿇고 앉아서 자기의 키를 줄이며

『도선아, 엄마가 왔다! 엄마 보고 싶었지?』

도선은 말을 않고 끄덕거리기만 했다. 글썽글썽 눈물이 어린 도선의 눈이 어머니를 정면으로 바라보지 못하고 땅만 들여다보았다.

포옥 쏟아져 나오는 눈물이 옥영의 시야를 희뿌옇게 뭉그러뜨리고 있었다. 눈물을 씻으며 송글송글 땀이 배인 도선이 이마에 옥영은 입을 맞추었다.

안으로 들어갔던 오여사가 혜숙의 손목을 끌고 나왔다. 오여사의 뒤로 식모가 뒤쳐 나왔고, 할머니는 복도에 서서 웃는 낮으로 멀리 옥영을 바라보고 있었다.

『엄마!』

오여사의 손을 뿌리치며 혜숙은 바르르 달려왔고

『혜숙아!』

옥영은 도선을 놓고 맞받아 달려갔다. 얼싸안은 옥영의 목을 혜숙은 두 팔로 꼭 껴안으며,

「엄마, 죽지 않았어?」

「죽긴…… 혜숙을 두고 엄마가 왜 죽어.」

「엄마 죽은 줄 알았어. 작은 오빠가 죽었을 거라고 그랬어.」

일단 멎었던 눈물이 되짚어 솟구쳐 나왔다. 이 조그만 넋들이 자기를 하늘처럼 믿고 있지 않았더냐고, 저번 날 밤, 재동약국으로 수면제를 사러 들어섰던 이기의 행동이 얼마나 어리석고 얼마나 무서운 것이었던가를 뼈 아프게 옥영은 느꼈다.

「엄마, 이제 또 가나?」

도선이가 감히 쳐다보지 못하던 어머니의 얼굴을 혜숙은 말똥히 들여다보면서 물었다. 옥영은 혜숙의 볼에 얼굴을 비비며

「안 간다. 혜숙이하고 꼭 같이 살게. 언제까지나.」

「아이, 좋아! 오빠, 엄마 이제 안 간대. 아무 데도 말이야.」

비를 든 채 멍하니 바라만 보고 섰는 도현이를 향하여 혜숙은 재빨리 보고를 하였다.

「도현이 너는 기쁘지 않니 어머니가 돌아왔는데.」

오여사가 멍하니 섰는 도현을 향하여 그런 말을 했다. 그랬더니 도현은 거북스런 웃음을 한 번 희쭉 웃었다.

그리고 나서 도현은 다시금 마당을 쓸기 시작하였다.

「도현이가 마당을 다 쓸 줄 알구……」

옥영은 물끄러미 도현을 바라보았다. 갑자기 어른이 되어 버린 도현의 변모가 다시금 옥영의 가슴을 쳤다.

남편의 애정 같은 것이 뭐가 그리 신통한 것이냐고 아이들을 위해서도 얼마든지 살아갈 수 있는 마음의 자세를 옥영은 분명히 세우는 것이었다.

「어머니, 늦게 돌아와서 죄송합니다.」

혜숙은 손목을 붙들고 안으로 걸어가서 복도에 서 있는 시모에게 공손히 허리를 굽혔다.

「오냐, 어서 올라오너라. 아버님도 무척 기뻐하실 거다.」

죽음과 같이 고즈넉하던 이 가정에 갑자기 생기가 돌기 시작하였다. 아이들은 말할 것도 없지마는 할머니와 식모도 물을 얻은 고기처럼 꼬리를 치며 돌았다.

할머니는 손수 저자에 나가서 며느리를 위한 저녁거리로 쉬고기와 생선을 사들였고 도현의 통지로 강교수도 정릉에서 부랴부랴 달려 왔다.

「아버님, 제 생각이 옹졸했던 것을 용서해 주세요.」

「오냐, 멀지 않아 네가 돌아올 줄을 나는 믿고 있었다. 네 마음 고생이 오죽했겠냐만 결국 너는 돌아와야만 하는 사람이니까.」

「아버님의 말씀을 진작부터 들었으면 좋았을 것을, 하는 생각도 들지만 이렇게 한 번 나갔다가 돌아오는 것도 제게는 소중한 경험이 되는 것 같습니다.」

「좋은 말이야. 좋은 경험이 됐을 거야.」

경숙이가 학교에서 돌아온 것은 바로 그때였다.

「어머니!」

가방을 내던지고 옥영의 무릎에 와락 얼굴을 묻으며 울었다. 아무 말도 없이 자꾸만 울었다.

「경숙아, 엄마가 할 말이 없다.」

옥영도 같이 부여잡고 조용히 울었다

일동은 오랫만에 평화로운 저녁 식사를 끝냈다.

「이제 저희들 걱정은 마시고 돌아가세요.」

어두워질 무렵에 옥영은 시부모에게 말했다.

「오냐, 오늘 밤은 애들과 편히 쉬어라.」

시부모는 안도의 숨을 내쉬며 어두운 길을 나섰다.

『이만했으면 우선 자리가 잡혔으니 나도 가 봐야겠다.』

오신정 여사도 자리를 일어섰다.

『언니, 미안해요. 삼천동에는 후일 다시 찾아가서 인사를 하겠어.』

『괜찮아, 내가 할 테야.』

현관을 나서면서 오여사는

『아내들이 한 번씩 치르는 홍역인 줄로만 알면 되는 거야. 홍역이 너무 늦어서 다소 고될 뿐이지 나는 결혼한 지 삼년만에 치른 홍역을 옥영은 이십년만에 치렀으니 꽃이 빨리 필 턱이 있겠어? 열이 빨리 내솟구어야 할텐데 속으로만 파고 드니⋯⋯ 속히 포도주를 마시고 열을 뽑아 버려야겠다. 얘 사내들이란 다 그런 거야.』

옥영은 쓸쓸히 웃으며 홍역은 일는지 모르지마는 홍역의 종류가 다른 것이라고 포도주잔이나 마셔 가지고 열꽃을 활짝 피워 버릴 수 있기에는 홍역의 뿌리가 지나치게 깊은 것 같았다. 그날 밤, 옥영은 잠든 도선이와 혜숙을 방에 남겨 두고 경숙이와 도현을 응접실로 데리고 나가서 도란도란 이야기를 하고 있었다.

『아버지 이야기는 그만 두기로 하고 하는 말이다. 너

희들이 엄마를 나무랄 줄을 뻔히 알면서도 나는 어쩌는 도리가 없었단다. 이만큼이라도 안정된 마음으로 돌아올 수가 있는 것은 결국 그렇게 해서 집을 한 번 나가 본 덕택인지도 모르지, 너희들이 있기 때문에 이처럼 무사히 돌아올 수도 있는 거니까.」

「어머니의 마음 잘 알 것 같아요. 서운해서 어머니를 나무라도 보았지만 곰곰히 생각해보면 어머니가 가엾어요. 그처럼 사이가 좋던 어머니와 아버지였는데…… 어쩌면 우리 아버지까지 그래야만 하는지 알 수가 없어요. 나쁜 아버지가 결코 아니었는데……」

경숙의 말을 도현이가 불쑥 받으며

「나쁜 아버지가 뭐야? 그래도 괜찮아. 엄마, 아버지가 없어도 우리 잘 살 수 있어. 엄마만 또 나가지 않으면 문제 없어. 누나하구 다 짰는데……」

옥영은 쓸쓸히 웃으며

「엄마는 이제 절대로 안 나간다. 너희들이 있는데 아버지가 없으면 어떠니?」

「엄마, 누나와 약속을 했어. 이 집 팔아 가지고 혜화동 로오타리에다 조그만 책 가게를 내자고 약속을 했어.」

「책 가게라고?」

『아버지가 잘 아는 책 가게 있잖어? 그 책가게를 판 대.』

『그래?』

옥영은 귀가 저절로 솔깃해졌다.

30. 愛情[애정]의 姿勢[자세]

이 산간의 호텔은 늘상 조용하였다. 토요일 오후에서 부터 일요일 오전까지. 일박(一泊) 손님들이 들끓지만 일 요일 오후부터는 밀물이 찐 듯이 갑자기 조용해지곤 했 다.

석운과 영림은 이 호텔 전부를 차지한 것처럼 자유를 향락하고 있었다. 일과처럼 둘이는 대웅전 앞마당을 산 보했고, 베비 골프도 했고, 산에 올라 깊은 숲 새에서 낮잠도 늘어지게 잤다. 밤에는 조그만 홀로 나가서 레코 드를 틀어 놓고 춤도 추었다. 달빛을 안고 밤 산보도 누 차 했다.

온갖 행락을 둘이는 샅샅이 뒤져 가면서 했다.

그러나 행락의 꼬리를 권태가 가끔 물고 늘어지고 있

었다.

「선생님, 재미 있는 플랜 같은 거 뭐 또 없어요?」

어느 날 열시가 가까운 무렵까지 늘어지게 자고 난 영림이가 기지개를 펴면서 침대 위에 일어나 앉았다.

「글쎄 뭐가 또 있을까? 재미 있는 플랜은 죄 실천을 했는데.」

거울을 들여다보면서 석운은 빗질을 하고 있었다.

「선생님은 소설가 아니세요? 그러니까 굉장한 플랜을 하나 창작해 내세요.」

「귀걸이나 목걸이를 판 돈 가지고는 어림도 없어.」

「또 선생님은 돈 타령만…… 제가 선생님을 존경한 건 선생님이 물질을 초월한 데 있었는데 시정인과 꼭 같은 말만 하심 어떻게 되세요?」

「가늘게 먹고 가늘게 사는 점에서는 다소 초월할 수도 있지만 전연 먹지 않고 사는 재주는 내게 없는 걸.」

「죽음 되잖아요? 죽음은 삶의 연장이니까요.」

「흥, 영림이가 언제부터 철저한 불교 사상을 가지게 됐는고?」

「불국사엘 왔으니까 생각이 그렇게 돌아가고 있는가 봐요.」

『칸나의 불타는 의욕이 입도(入道)의 경지를 그리워 한다는 건 확실히 정신적인 타락을 의미하는 건데……』

『체념이 타락인 것처럼……』

영림의 목소리가 갑자기 쓸쓸해졌다.

석운이더러 돈 타령만 한다고 입으로는 커다란 소리를 해 보이는 영림이었지만 내심으로는 언제까지나 이러고 있을 수도 없는 일이 아니냐고, 실은 돈이 다 떨어지기 전에 어서 불국사를 떠나야만 하겠다고는 영림도 생각하고 있는 것이다.

석운이 경주로 나가서 목걸이랑을 팔아 온지도 벌써 한 주일이 되었다. 영림의 비취 귀걸이와 순금 목걸이가 사만 여환, 석운의 〈롤렉스〉 금시계가 팔만환, 합쳐서 십여만환의 돈이었다.

『자아, 빨리 세수를 해요. 재미있는 플랜을 생각했어.』

『뭔데?』

『저 밖에서 조반을 먹어요. 나무 아래서,』

먼 산이 바라보이는 앞마당 한가운데 포플라 나무가 몇 그루 솟아 있었고 열시가 지난 태양이 나무 그늘을 그리워하게 하고 있었다.

『아이 멋져!』

영림이가 세수를 하러 나간 동안에 석운은 보이를 불러 나무 밑 그늘진 데다가 식탁을 마련하고 그리고 조반 식사를 운반하도록 하였다.

이윽고 식탁과 식사가 마련되어 석운은 영림이가 오기를 기다리며 걸상에 앉아 있었다. 아사녀가 죽었다는 영지(影地)가 벌판과 산줄기가 합쳐진 언저리에서 희끄무레 바라다 보았다.

『옥영과 아이들은 지금 뭘하고 있을까?』

이맘 때쯤 석운은 이층 서재 책상 앞에서 커피를 마시며 집필을 시작하던 지나간 날의 평온을 무심 중 생각했다. 호수처럼 잔잔한 삶이었다.

고영림의 정열과 김옥영의 평온을 때때로 저울질 해보는 석운이가 되어가고 있었다.

돈이 떨어지면 불국사를 떠야 할 것이고 불국사를 뜨는 날에는 서울로 밖에 돌아갈 곳이 없다. 영림도 그것을 모르는 바는 아니나 기를 쓰고 돈타령을 하지 않으려 했다.

『아이, 정말 밥맛이 나요. 여기서 먹으니까.』

푸른 그늘에 푸른 바람이 인다. 들도 푸르고 산도 푸르다.

『선생님, 참 재미 있는 플랜이예요. 또 다른 것 뭐 없어요?』

스폰을 뜨면서 영림은 웃었다.

『이따 점심 식사는 나무 위에 올라가서 해요. 타아잔 부부처럼.』

『아이, 멋져! 선생님, 정말 그렇게 해요. 네?』

『못할 것 뭐 있어? 그렇지만 말이야. 아무리 재미있고 신통한 것도 두 번만 해보면 평범해지는 거야. 그래서 모두가 다 평범 속에서 살다가 죽는 거야.』

『평범의 인생철학은 싫어요. 항상 새롭고 비빗드하고 후렛쉬하고…… 그런 것이 좋아요 못물은 썩어도 강물은 썩지 않는 것처럼……』

『좋은 말이야. 그런 의미에 있어서 인제 불국사를 떠나요. 이대로 그냥 주저앉아 있다가는 못물이 썩는 것처럼 우리들도 썩을 테니까.』

『그래도 무방해요. 돈이 모자라서 떠나는 것이 아니고 불국사가 인제 평범해졌으니까 떠나는 거니까요.』

영림은 웃었다. 석운도 싱긋이 웃으며

『돈타령은 그만 해요. 대라 장수 여편네처럼 밤낮 돈

돈 돈 돈……」

　「후훗……」

　영림은 쿡 하고 입을 막았다.

　「자아, 불국사를 떠나서는 어디로 갈까? 금강산이나 묘향산에는 원한의 삼팔선이 가로 막혔고 기껏해야 백운대나 송도 해수욕장인가?」

　「아이, 너절해요.」

　「제주도는 어때?」

　「제주도까지 갈 돈 있어요?」

　「또 돈 타령만? 걸어가면 되지 않아?」

　「바다두 걸어서 건너요?」

　「용궁에서 거북을 한 쌍 초청해다가 타고 건느면 돼.」

　둘이는 마주 바라보며 웃었다.

　「선생님은 정말 재미 있는 분이예요.」

　「암 재미 있지.」

　「먼 데는 그만 두고 울릉도로 가요.」

　「울릉도…… 오징어만 먹고 살 작정이야?」

　「울릉도에 가서…… 오징어가 먹기 싫어짐…… 선생님, 저와 같이 죽어요.」

웃던 표정이 후딱 어두워졌다. 어두워졌던 표정이 다시금 밝아지며

『일본의 어떤 중년 작가가 정사를 했다죠? 아들 딸 수두룩하니 두고……』

『음, 아리시마(有島武郎[유도무랑])…… 화족 출신의 크리스챤이었지. 어떤 잡지의 여기자와 정사를 했어.』

『정사라는 건 둘이가 정이 꼭 들어서 죽는 거죠?』

『글자의 뜻은 그렇지만 실제에 있어서의 정사의 원인을 통계적으로 살펴보면 정이 꼭 들어서 죽는다는 것보다도 현실적인 주위 환경이 어쩔 수 없어서 모두들 죽는 거야. 아리시마의 유서에도 그런 말이 씌어져 있었거든. 그러나 어쨌든 정사라는 건 확실히 낡은 시대의 유물이야. 현대적 성격을 이미 상실하고 있지.』

『동감이예요. 현대인은 좀처럼 죽지 않을 거예요.』

『그런데 왜 그런 쓸데 없는 생각을 가끔하는 거야?』

『쓸데 없는 생각이 아니고 쓸데 없는 표현일 거예요. 표현의 유희를 즐기고 있다는 것 뿐이예요. 무대에 올라 선 배우들처럼……』

『음, 표현의 유희!』

심리 풍경과는 얼토당토 않은 표현의 재능에서의 영림

은 지금 자기가 당면하고 있는 오늘의 난국을 재치 있게 돌파하려는 노력 같은 것인 지도 모른다고 생각하였다.

강석운이 지니고 있는 굳건한 사십대는 오늘의 젊은이들이 경쾌하게 주고받는 뭇대화를 교양의 뿌리가 없는 한낱 부평초와도 같은 난센스라고 경멸의 염과 함께 등한히 취급해 오고 있었던 것이다.

그것은 분명히 얼핏 보아 한낱 난센스와 같은 외모를 지니고 있기는 하였다. 그러나 지금 영림이가 말하는 표현의 유희라는 관점에서 볼 때, 그러한 난센스의 밑바닥에는 오늘의 지성이 그래도 간파 할 수 없는 시대적인 고민과 신음소리를 밑받침으로 하고 있는 것 같았다.

「선생님, 실토를 하겠어요.」

「갑자기 실토는 또 무슨……」

「칸나의 의욕에는 불가능이 없었어요. 그렇지만 칸나의 행동에는 그것이 있나봐요. 행동의 가능을 상실한 현대인의 유일한 유희…… 그것이 곧 표현의 장난인 것만 같아요. 그것이 곧 예술이구요.」

커피 잔을 놓고 석운은 담배를 붙였다. 그리고는 어두운 표정을 하고 영림을 물끄러미 바라보면서

「영림의 눈이 갑자기 쌍까풀이 졌어. 고단한 모양인

가?」

『선생님의 눈이 촛점을 잃고 때때로 먼산만 멍하니 바라보지요. 선생님도 아마 뭔지 좀 고단하신가봐요.』

멋진 대답을 영림은 했다. 고단한 마음은 양편이 다 똑같이 지니고 있었다.

『아이러니(反語[반어])가 신랄한데…… 쌔타이어(諷刺[풍자])는 애정의 소박성을 모독한다고 충고를 한것은 분명히 영림이었는데……』

『후훗……』

하고 영림은 웃으며

『아이러니나 쌔타이어나 패라덕스(逆說[역설])는 고단한 마음을 감추는 현대인의 좋은 무기이죠. 예술이 곧 표현의 장난인 것처럼…… 좋은 예술이란 언제든지 가능의 실제성보다도 불가능의 진실성을 표현해 주는 작품일 거예요. 그런 의미에서 선생님, 제 아니러니나 패라덕스를 사랑해 주세요.』

『칸나는 확실히 마음이 고단해 있어.』

『연인인 강석운 선생의 마음이 고단해 있는 것처럼.』

서로 서로의 고단한 마음을 뻔히 들여다보고 있으면서

도 이 두 사람은 그것을 구체적으로 끄집어 내기를 두려워 하고 있는 것이다.

『선생님.』

『응?』

『제가 죽음을 말하고 정사를 입에 담는다고 해서 그런 것들을 소망하고 있는 증거라고 생각해서는 안 되세요.』

『알고 있어. 그러한 표현의 장난으로써 자신을 납득시키고 자신을 소화시키고 있는 것 뿐이야. 체하기 전에 소화제를 복용하는 것처럼.』

『눈물이 슬픔을 무마하는 것처럼.』

『한숨이 체념을 북돋는 것처럼.』

『선생님.』

영림은 홀가분히 걸상에서 몸을 일으키며

『나 한 시간 동안만 혼자서 걷고 오겠어요.』

『왜 같이 걷지.』

『아냐요, 저번 날 선생님이 경주로 목걸이를 팔러 갔을 때 몇 시간 동안 혼자 있어 보니까 무척 좋아요.』

『내가 옆에 있는 것이 거치장스러운가?』

『아냐요. 제 옆에 선생님이 안 계시는 시간을 한 번

더 가져보고 싶어요.」

『음, 그래도 무방하지만…… 그럼 다녀 와요. 너무 멀리는 가지 말고.」

『선생님도 선생님 옆에 제가 없는 시간을 한 번 더 가져 보세요. 서로의 모습을 볼 수 없는 그 한 시간 동안에 제 존재가 선생님에게 있어서 얼마만 한 가치를 가질 수 있는가를 잘 저울질 해 보세요.」

석운은 영림의 이 돌연한 제안을 흥미롭게 생각하며 한 시간 동안의 작별 악수를 했다.

영림은 식당 옆으로 해서 불국사 경내로 나불나불 사라져 갔고 석운은 그대로 멍하니 걸상에 앉아 있었다.

영림이가 사라진 포플라 나무 밑 걸상에 빗비슴히 기대고 앉아서 석운은 담배를 피우며 높고 낮은 구름이 파도처럼 겹겹이 싸인 먼 하늘가를 하염없이 바라보고 있었다.

우선 이러한 제안을 한 영림을 총명한 여성이라고 생각할 수밖에 없었다.

사실 서울에 두고 온 가정을 생각하고 옥영의 비탄을 생각하고 소설을 중단하고 온 자기의 행동을 좀더 비판적으로 생각해 보기에는 영림의 일거 일동이 너무도 가까운 거리에서 석운의 사색의 줄거리를 방해 하고 있었기 때문이다.

이렇게 해서 영림이라는 하나의 젊은 육체와 정열이 가져 오는 감각의 세계에서 벗어나와 자기와 몇 가지의 주변을 한 번 보살펴 볼 수 있는 위치와 시간을 가지게 된 것이다.

고영림을 알게 된 것이 석달 남짓, 고영림과 같이 서울을 떠난 것이 이십여일의 시간이 흘렀다. 서울을 등진 이십여 일동안 석운은 줄곧 영림의 옆에서 영림의 체취를 맡으면서 살았다 머나먼 별빛처럼 옥영의 체취가 희미해 있는 동안 여림의 체취는 태양처럼 뜨거웠다. 영림의 감각은 옥영에의 기억을 무자비하게 말살해 버리고 있었다. 그러던 것이 저번날 경주를 다녀오는 동안 석운은 쭈욱 영에의 기억을 되살리고 있었던 것이다. 그리고 지금 또 다시 별빛처럼 또 희미한 옥영에의 기억을 되씹고 있는 것이다.

「나는 확실히 영림을 사랑하고 있다.」

석운은 소리를 내서 중얼거렸다.

「그럼 옥영은? 나는 과연 지금 옥영을 사랑하고 있지 않는 것일까?」

조금도 거짓 없는 자기의 답변을 듣기 위하여 석운은 가만히 눈을 감고 옥영의 기억과 감각을 정밀하게 계산해 보았다.

『나는 확실히 옥영을 사랑하고 있다.』

석운은 또 한 번 소리를 내서 힘차게 중얼거렸다. 한 사람의 사나이가 두 사람의 여성을 사랑할 수 있다는 것이 지금까지에 있어서의 강석운의 상식이었고 애정의 법칙이었다. 얼마동안 멍하니 걸상에 앉은 채로 담배를 피우며 영림이라는 젊은 육체로 가는 애정과 옥영의 뿌리 깊은 애정과를 저울질해 보는 석운의 곁으로 식당 보이가 다가왔다.

『그렇다면 나는…… 두 여인을 동시에 사랑할 수 있다는 말인가?』

이렇게 생각하며 석운은 식탁 위에 커피 시트를 뎅그런히 놓고 돌아서는 보이를 불렀다.

『나, 신문 좀 갖다 줘요.』

고영림과 같이 서울을 떠나온 후의 이십 여일을 석운은 줄곧 세상 소식을 모르고 살아온 셈이었다.

고영림이라는 젊은 여인으로써 가득 차던 정열의 틈바구니로 떠나온 서울 소식이 궁금해지고 자기와 고영림외의 세계에 한 가닥 미련이 오고 있는 자기를 발견하며 석운은 피로한 눈으로 날짜가 벌써 지난 신문장들을 넘기고 있었다.

신문철은 K신문이었다. 아직도 누구의 소설을 싣지 못하고 있는 문화면을 일회 분치를 메꿈으로써 느낄 수 있었던 지나간 날 하나의 성실한 작가로서의 행복이, 거주권을 박탈당한 이주민의 비애처럼 그대로 가슴에 부딪혀 왔다. 그것이 괴로워 석운은 삼면 기사들만 대충대충 읽어갔다.

「………?」

그러는 석운의 눈이 기사 하나를 잡고 놓아줄 줄 몰랐다.

《아버지 어머니, 돌아오시라. —— 작가 강석운씨의 장녀 경숙양의……》

석운은 후들후들 떨려오는 두 눈으로 경숙의 호소문을 읽어가고 있었다.

《……아버지, 어머니! 그립습니다. 밀물이 갑자기 찌

듯이 하룻 저녁에 저희들 눈 앞에서 사라진 아버지와 어머니 허황한 꿈결처럼……》

　무거운 머리를 팔 하나로 받쳐든 그에게 후딱 지나가는 상념 하나가 있었다.

　『죽음.』

　옥영이가 집을 나가서 돌아오지 않는다면 그는 분명코 죽음의 길을 택하였을 것이다. 순간 어느 안개낀 뒷거리 약방에서 다량의 수면제를 사들고 가는 아내의 뒷모습이 희미하게 떠오르다간 점점 더 선연히 확대되어 갔다.

　『아, 옥영이!』

　뜨거운 눈물이 주루룩 흐르며 심장이 터져 갈 듯한 아픔이 왔다.

　눈앞에 놓인 한 개의 영롱한 구슬을 위하여 가슴 속에 깊이 깊이 뿌리 박아 놓아 보석을 잃어버린 슬픔!

　《아버지는 어머니와 네 아이의 사랑을 합쳐봐도 그 젊은 여자 하나의 사랑만 못해서 가정을 버리고 나갔읍니다. 어머니는 저희들 네 아이의 사랑을 합쳐봐도 아버지 하나의 사랑만 못해서 집을 나갔읍니다……》

지금이라도 큰 딸 경숙이가 저 숲새 어느 나무 그늘에 서라도 불쑥 나타나 이 패덕한 아버지에게, 아니 그 보다도 네 아이들이 저마다 그의 가슴 속에 들어 앉아 「아버지! 아버지 하고 부르짖는 것만 같은 호흡의 격동 속에 석운은 머리를 감싸 쥐었다.

『나쁜 놈! 나쁜 놈!』

강석운이라는, 사십년 동안이나 자기가 거느리고 온 하나의 인간이 이처럼 나쁜놈이었던 말이냐구……

『무서운 일이다!』

수습할 수 없는 착잡한 심경으로 온 몸이 우수수 떨려 오는 석운은 무서운 환상이라도 쫓아버리듯 고개를 번쩍 추켜 들었다.

거기엔 한 시간 동안의 작별 악수를 나누며 나불나불 영림이가 사라져 간 숲새 길이 있었지만 지금 석운은 그 하얀 길목도 짙푸른 수목들도 아무것도 보이지 않았다.

석운은 가슴이 타오르는 듯한 심한 갈증을 느끼며 소리쳐 식당 밖으로 나온 보이를 불렀다.

보이는 오늘 아침 안정을 잃어 가는 석운의 창백한 얼굴을 힐끔힐끔 바라보며 걸어왔다

『무슨 말씀입죠?』

『아, 나 맥주 한 병…… 아니 그보다도 위스키가 좋겠어.』

그러자 보이는 숲 속으로 나불나불 사라져 간 영림의 일이 몹시 궁금하다는 듯이

『참 아씨는 어딜 가셨어요?』

『여보, 잔말 말고 위스키나 빨랑 가져오우, 냉수도 잊지 말고.』

총총히 돌아서 가는 보이 뒤에서 석운은 걷잡을 수 없는 혼란 속에 빠져가고 있었다.

『영림에게 향하는 나의 애정의 자세란 무엇인가?』

새삼스럽게 한 사람의 사나이가 두 사람의 여인을 사랑할 수 있다는 조금 전의 애정의 법칙에 흔들림이 왔다.

일체의 허세를 떨쳐 버리고 있는 그대로의 쪽 뻗은 하나의 순수한 생명의 벌렁거림 앞에서, 그러한 영림의 의욕 앞에서 정신적 흔들림을 느낀 것도 진실이나, 그러나 강석운 대 고영림의 관계에서 석운 자신은 그보다도 칸나의 생동하는 젊음에의 체취에 끌려 갔다는 생각이 비중이 점점 무거워 가고 있었다.

『아, 젊음에의 노스탈쟈…… 나는 마침내 청춘의 종

착역에서 영림의 안내로 돌아가선 안 될 고국으로 역려(逆旅)를 하고 있는 것이다.」

자기로선 도저히 감당할 수 없는 위험한 불장난을 치르고 있는 듯 싶었다.

그러나 영림과의 그것이 조마조마한 불장난이라면 옥영의 경우는 절대로 그럴 수는 없는 것이었다.

보이가 따라 놓는 위스키 한 컵을 석운은 주욱 들이켰다.

「옥영의 그것은 가슴 속에 너무나 뿌리 깊이 박아 놓은 애정이다.」

석운은 연거푸 또 한 컵을 마시며 훈훈해 오는 체내 구석구석에서 지난 날 옥영의 따스한 체온들을 되살려 본다.

「나는 지금 이 순간에라도 옥영을 위하여서는 목숨 하나를 버릴 수는 있어도 영림을 위하여는 목숨을 버리지는 못하겠다. 그러나……」

그러나 영림을 잃기는 어려울 것 같았다.

「고영림……고영림.」

나직이 영림의 이름을 불러보는 석운의 몽롱한 시야 속으로 엉뚱한 얼굴 하나가 떠올랐다.

『아아……』

줄곧 영림이라는 하나의 젊은 육체와 정열이 가져오는 감각의 세계에서 먼 하늘의 별빛처럼 점점 빛을 잃고 있던 옥영의 기억이었다.

『아, 하늘이여 나를…… 나를 벌하소서.』

석운은 냉수 한 컵을 훌쩍 들이마시며 위스키를 또 따랐다. 온몸에 배어오는 술기운과 더불어 고즈넉한 평온 속에서 지내던 지나간 날의 행복이 꿈 속처럼 흘러오고 있었다.

『아 옥영이 옥영이!』

이 순간 석운은 누구 앞에서고 부끄럽지 않은 진실로 떳떳한 자기 모습을 찾고 있었다.

『옥영이여, 무사하여 주시오.』

얼마나 소중이 여기던 아내며 얼마나 사랑하는 남매였던가. 십 팔년 아니 사십 여년이라는 오랜 시간과 정력으로 이룩한 「가정낙원」을 제 손으로 깨쳐버린 어리석고 무서운 생각이 왔다.

『어리석은 사나이!』

자기 울 안에 있는 보물은 모르고 집까지 팔아 보물을 캐러 다니던 불쌍한 우화(寓話)속의 인물이 자기는 마침내 되었다.

『아, 그러나 나는 울 안의 보물을 너무나 **빤**히 알고 있었는데.』

그것이 서러워 석운의 볼엔 뜨거운 눈물이 자꾸만 흘렀다.

『어쩌면 나무 잎새들은 이렇게 싱싱하기만 하담.』

쭉쭉 뻗어 올라간 수목 사이를 거닐며 영림은 싱싱히 푸르러간 이름 모를 나무 잎사귀를 부드럽게 바라보는 것이었다. 바라보는 넓직넓직한 나무 잎사귀를 위로 조는 듯한 칠월의 태양이 내려앉고 있었다.

『아, 언제나 고독한 칸나의 영혼을 어루만져 주는 하늘……』

영림은 어느 노송(老松) 그늘에 살풋이 앉아 본다.

석운과 떨어져 온 이 한 시간 동안을 영림은 잡목이 울창한 사이 녹색지대를 거닐며 싱싱한 수목들이 배앗는 푸른 숨결을 마시고 있으면서도 어쩐지 자기는 고단해져 있다고 지금 그렇게 칸나를 피곤케 한 원인을 골똘히 생각해 보는 것이었다.

수목 사이사이로 멍하니 올려보는 머리 위론 새파이어로 감칠한 하늘이 있었다. 지나간 초여름 석운과의 초회

(初會)의 숨가쁜 접순 속에서 고요히 흐느끼며 우러러보던 하늘도 꼭 저랬었다고 칸나의 사이 기억은 그 행복하던 날들을 가만 더듬고 있었다.

『내가 벌써 지쳐버렸나?』

석운과의 이 행복한 시간에 자꾸만 감상에 빠져가는 자기를 영림은 물끄러미 들여다보는 것이었다.

『칸나를 이렇게 지치게 한 원인이 무엇일까?』

조금 전에 떠나온 식탁에서 석운이가 하던 말이 되살아 왔다.

『아무리 재미 있고 신통한 것도 두 번만 해보면 평범해지는 거야.』

좀처럼 영림을 잡고 놓아 주질 않던 이 말 속에 어제오늘 유난히 피로해 보이는 석운의 눈동자가 흔들리고 있었다. 영림은 조용히 눈을 감아 본다.

『확실히 선생님은 점점 정열이 식어가고 있는가봐.』

그런 석운의 눈동자를 생각하니 갑자기 서글픈 생각이 영림의 온몸을 흔들어왔다.

『사랑하는 아내와 귀여운 자식들을 생각하며 괴로워하는 선생님.』

선생님이 아니라도 좋고 제자가 아니라도 좋다고 그저

한 남자와 한 여자의 자격으로서 사랑을 누리면 그만이라고, 가정도 세상도 버리고 나의 시각은 칸나의 예쁜 모습을 볼 수 있으면 족하고 나의 청각은 칸나의 영롱한 목소리를 들을 수 있으면 되는 거라고 뛰쳐 나온 선생님이 이제는 그 칸나의 감각 세계에서 틈서리를 느끼며 아늑하던 지나간 날이 그립고 세상 소식이 궁금하여진 것이라고 영림은 차근차근 따져보는 것이었다.

그러나 지금의 칸나에게 있어서 중요한 것은 그렇게 세상 소식이 궁금해진 석운의 일이 아니었다.

「칸나는 언제나 칸나의 세상을 살아가는 거야.」

문제는 석운보다는 자기에게 있는 것이라고

「그렇다면 나는……」

영림은 송림 그늘에서 발딱 일어서 천천히 걷기로 했다. 걸으며 자기를 좀 더 정리해보고 칸나를 이처럼 좀먹어 들어가는 요소들을 뽑아 버리자.

「들창을 넘어서까지 선생님의 곁으로 달려오든 정열이…… 지금은?」

지금은 석운의 곁에서 한 번 떨어져서 혼자서 산보라도 해보고 싶을 만큼 정열에 틈서리가 생긴 것은 아닌가.

그렇기 때문에 석운의 호흡 속에서 무럭무럭 자라고

숨가쁘게 살아 날 수 있었던 영림의 영혼이 이렇게 수목과 하늘을 찾으며 울먹울먹하는 것이 아닌가.

「선생님 곁에서 끝까지 모든 것을 불태워 버릴 수 있을까?」

그러나 그 순간 또 하나의 영림이 맹렬히 항의해 오는 것이었다. 영림은 우뚝 서 버렸다.

「노우! 노우! 칸나의 애정엔 계산이 필요 없다. 선생님보다는 좀 더 내가 중요하다. 칸나여! 너의 불타는 의욕을 태우라!」

영림은 오뚝 멈췄던 자세를 의욕의 길로 돌려 세웠다.

「나는 결국 옥영에게로, 저 아늑한 별빛 속으로 돌아가야 된다.」

석운은 경숙이의 호소문이 실린 신문 한 장을 뜯어서 주머니에 넣으며 병에 남은 마지막 술을 훌쩍 들이 마셨다.

「그렇지만, 나는 나는 지금이라도 훌쩍 여기를 떠나 버릴 수 있다는 말인가?」

저 밤하늘에 까마득히 떠서 반짝이는 별을 따 버릴 수는 없는 것처럼, 영림이라는 젊은 의욕의 세계에서 그렇게 쉽사리 벗어날 수 없는 자기를 석운은 너무나 잘 알고 있었다.

『아 아늑한 별과 칸나……』

그러나 석운은 벌떡 일어서고 있었다.

『결국 나는 돌아서 갈 사람이 아닌가? 아늑한 별빛 속이야말로 언제고 한 번은 내가 가야만 될 나의 위치가 아닌가?』

『그러나 가긴 가도 지금이 돌아서 갈 시간은 아니다……』

엉거주춤한 자세대로 석운은 아늑한 별이 떠서 있을 하늘만 쳐다본다.

그러는데 왼편 숲 새에서 명랑한 목소리 하나가 떨어져 왔다.

『선생님!』

『어?』

엉거주춤하니 서 있는 석운 옆으로 다가와서 영림은 석운의 얼굴을 빠안히 들여다본다.

『선생님 괴로우세요?』

둘은 또 전과 같이 걸상에 마주 앉아 버렸다.

『선생님 괴로우시죠?』

『응? 아니.』

『괴로우셔서 술까지 잡수시구.』

텅 빈 위스키 병이 놓인 테이블을 바라보던 영림은 거기 놓인 신문철을 보고 선생님의 고뇌에 어쩌면 저 신문철도 관계가 있을지 모른다고 생각해 보는 것이었다.

『선생님 그만 들어가세요 네,』

우울을 밟아버리듯 자기 앞에서 또박또박 걸어가는 영림의 뒤를 석운도 무거운 발로 따라갔다.

자기들 방으로 돌아온 영림은 소파에 반듯하게 누워버렸다.

『나 좀 머리가 아파서』

석운도 저고리와 넥타이를 푸르곤 침대에 누어 버렸다. 네 개의 눈동자가 한 쌍은 또렷 또렷하게 또 한 쌍은 덤덤히 천장을 바라볼 뿐 둘에겐 말이 없었다.

얼마 뒤 무거운 공기에 싫증이 난 영림은 소파에 누운 채 석운을 불렀다.

『선생님!』

그러나 석운은

『영림, 우리 어디로 떠날까?』

『어쩌면 선생님은 꼭 제 말만 하셔.』

『음! 그렇다면 떠나요, 영림이가 끄는 대로 어디로든

지.」

「아이 싫어! 난 선생님이 끄는 대로 따라갈 테야요.」

「하여튼 오늘은 푹 쉬고 내일 떠나요.」

거기에서 대화는 또 끊어지고 공백 속엔 또 무거운 공기가 흘렀다. 영림은 소파에 누운 채 영화잡지를 뒤적거리고 있었다.

「선생님! 내일……」

「…………」

그제야 영림은 석운 편으로 고개를 돌렸다.

술기운에 피곤한지 석운은 벽쪽으로 누운 채 잠이 들어 있었다.

「어마 이대로……」

와이샤쓰라도 벗겨 주려던 영림의 손이 쓰봉 주머니에 삐죽이 내민 신문을 뽑아 들었다

「……? 사모님이 집을 나갔다?」

경숙의 호소문을 모조리 읽어버린 영림은 신문을 접어 도로 집어 넣고는 소파에 푹 파묻히고 말았다.

「사모님은 나가고 아이들은 부모를 한꺼번에 잃어버리고……」

칸나의 의욕으로 눈 감아 버리려고 발버둥치던 괴로움

이 마침내 꼬리를 들고왔다.

「칸나여, 시련(試鍊)의 위기다!」

칠월의 아침 햇살이 불국사 경내에 조용히 내려 앉고 있었다.

「선생님, 날씨가 너무 좋아요.」

석운과 나란히 식당문을 나서며 영림은 눈이 부시 듯한 손을 이마에 대었다.

「음, 날씨가?」

그제야 석운도 내려 쬐는 햇살을 한 손으로 막으며 호텔 지붕 너머를 바라보았다. 둘은 아늑한 뒷뜰을 걷고 있었다.

「영림 피곤하지?」

「선생님도 무척……」

둘은 하룻밤 새에 핼쓱해진 서로의 얼굴들을 마주 보았다.

돌아가야만 될 옥영에의 애정의 자세와 돌아갈 수 없는 영림에의 애정의 위치에서 한 잠을 못 자고 뒤척이는 석운 곁에서 영림은 영림대로 마침내 다가온 자기 애정의 시련 앞에서 한 밤을 꼬박 뜬 눈으로 지샌 것이었다.

이러한 서로를 둘이는 너무나 잘 알고 있으면서도, 그

러나 어느 누구 하나를 위로해 줄 만한 마음의 여유가 없었다.

둘은 방으로 들어와 나란히 소파에 기대 앉았다.

「생선님 제가 원망스러우시죠?…… 선생님과 사모님의 낙원을 깨뜨려버린 제가 무척 원망스러우시죠?」

어느새 영림의 영롱한 두 눈에서 눈물이 데굴데굴 구르고 있었다.

「아 영림이……」

석운의 두 손이 흐늑 흐늑 떨고 있는 영림의 두 어깨를 가만히 감싸 안았다.

「영림이, 지금 우리는 그런 것을 얘기할 때가 아니야, 영림이가 나빴던 내가 나빴던 좋고 나쁜 것이 문제가 되는 것이 아니야. 영림이는 영림이대로 나는 나대로 자기의 십자가를 지고 우리는 갈 수밖에 없어.」

「그렇지만 선생님 저는 선생님의 십자가가 되는 건 싫어요.」

그 순간 발딱 젖혀진 영림의 얼굴을 물끄러미 들여다보며

「아니……아니 나의 십자가는 별이다, 가정이다, 옥영이다.」

『아아, 선생님?』

둘은 와락 끌어안았다.

『칸나! 칸나의 적은 칸나다!』

『선생님도 선생님과 힘껏 싸우셔야……』

이윽고 숨가쁜 작렬의 시간이 지나갔다.

화장대 앞에서 얼굴을 매만지며 영림은 들창 밖을 내다보는 석운을 불렀다.

『선생님 이제 말씀하신 것……』

『글쎄, 오늘이라도 불국사를 떠야겠는데……』

담배를 피워 물며 석운은 영림이 옆으로 돌아섰다.

『선생님 고도로 가요.』

이윽고 얼굴에 지워진 화장을 고친 영림이가 석운 앞으로 다가왔다.

『고도? 어디가 좋을까?』

『제주도도 좋겠고요.』

『그러나 거긴 너무 멀어.』

『참 선생님 울릉도도 간대구선…… 울릉도.』

『허어 오징어가 산떼미 같이 쌓였다는 울릉도 말이지?』

『아이 선생님, 이러고만 계심 어떡해요. 빨랑빨랑 짐

이라도 꾸리시고.」

「그래요, 영림 이제 우리는 어느 때보다 힘차야 돼요.」

그때 이 고요한 산간을 흔들어오는 메아리 소리가 있었다.

「어마? 하나님이 우릴 위해서 차까지 보내 주는가 봐요.」

영림과 석운은 창 밖으로 고개를 내밀며 지금 막 구불구불난 숲새 길을 빠져 들어온 회색빛 빅크를 쳐다보았다.

차에선 어느 젊은 남녀가 내려오고 보이가 빽을 들고 뒤를 따랐다.

「자, 우리 저 차로 포항까지 나가요.」

석운은 호텔 경리실로 나가고 영림은 총총히 짐을 꾸렸다.

불국사를 떠난 사아몬 그레이의 빅크는 두시가 좀 지나서 포항 시가에 들어왔다.

들어오는 길로 선박회사에 들러 울릉도 선편을 물었으나 일 주일에 한 번씩 왕래선은 오늘 아침에 떠났다는 것이었다.

『어마! 뭐가 그래요. 선생님 일 주일을 여기서 어떻게 기다려요.』

저 멀리 구룡반도(九龍半島)가 바라뵈는 해변을 석운과 영림은 걷고 있었다.

『어제쯤 왔으면 탔을 걸.』

못내 서운은 하면서도 그것이 영림이의 불평과는 성질이 틀릴지도 모른다고 석운은 얼른 앞 바다로 고개를 돌렸다.

꿈꾸듯이 조용히 흔들리는 바다 위엔 조개잡이 배들이 떠 있었다. 해변은 아직 방학 때가 아니라서 그런지 캠프가 몇 개 늘어서고 손님을 기다리는 보트며 신장한 베비 콜프장을 이 한산한 해수욕장의 초하 풍경을 이루고 있었다.

둘이는 아무런 말도 없이 해변가에 비둘기장처럼 파아란 칠을 하고 있는 맥주 홀로 나란히 들어섰다.

방금 물 속에서 나온 듯한 젊은이들이 맥주를 병째 마시면서 이쪽을 흘끔대며 자기네들끼리 무어라 수군대는 것을 보자 석운은 청년들 중에 누구라도 자기를 알것만 같아 이마가 찌푸려졌다.

맥주와 코카콜라를 청해 놓고 영림은 석운을 빤히 들

여다보며 이 한산한 해변처럼 지금 선생님의 감정은 초라해 있다고 불국사를 떠나오며 그들의 정열이 더 흔들리기 전에 세상과 동 떨어진 울릉도 외따른 섬 속에서 칸나의 청춘을 밭갈고 추수하리라던 자기의 정열도 저렇게 파리를 날리는 구멍가게들처럼 쓸쓸해져 있다고 며칠 더 불국사에 눌러 박혔던 편이 차라리 좋았을지도 모른다고 이렇게 홀가분히 떠나온 일을 하나 둘 계산해 보는 것이었다.

(그렇게 옹색한 여관 방에서 고슴도치처럼 일 주일씩이나 눌러 박혀 배를 기다릴 수가 있을까? 조개국이나 먹으며 밤마다 물것에 뜯기노라면 선생님이든 나든 지루한 생활에 환멸을 느끼지나 않을까? 아니 벌써부터 그런 종류의 환멸은 둘이의 가슴 속에서 발악하며 성해 간 것은 아닌가?)

그때 맥주 컵을 놓던 석운의 눈이 테이블에 떨어진 영림의 시선을 물끄러미 들여다보며

『영림, 무엇을 그렇게 골똘히 생각하고 있어 응? 요즈음 확실히 칸나의 의욕과 정열이 변모를 했어.』

『의욕과 정열이 차지했던 자리를 칸나답지 않은 감상과 애수가 점점 폭을 넓혀 가는가봐요.』

말 끝에 후홋 하고 웃어 버릴 것을 계산에 넣은 대화가 마음 같이 되지 못한 영림이었다. 그러한 영림의 표정이 괴로와 석운은 손바닥만하게 뚫린 창밖을 내다본다.

『영림이 우리 밖에 나가서 보트나 타요. 그래서 바닷바람도 쐬고…… 영림의 우울에도 위안을 줘요.』

『선생님! 현대의 애인들은 자기 마음의 풍경을 곧잘 사랑하는 사람의 가슴 속에서 진단해 버리는 위트를 가졌는가 봐요.』

이번에도 끝내 웃지를 못하고 석운의 뒤를 따라 보트가 있는 사장으로 나왔다.

보트는 피곤한 두 개의 무게를 싣고 가볍게 백사장을 미끄러져 나갔다.

『선생님 피곤하신데 제가 저어요.』

『아직까진 레이디 휘스트야 허어.』

조개잡이 배 사이를 빠져 그들이 탄 배가 사장에서 꽤 멀었을 땐 영림의 손에 노가 있었다.

『아, 등대가 보여, 선생님 저쪽 좀 보아요.』

이전처럼 생동하는 영림의 목소린 아니라고 이재 그런 것을 느끼며 석운은 영림이가 가리킨 등대가 있는 해안을 바라보는 것이었다.

저녁 때가 되어서 석운과 영림은 포플라 그늘을 지나 고단한 발걸음으로 여관에 돌아왔다 포항 여관은 역전 부근에 있는 눅거리 여관이었다. 전등 하나가 두간방을 비치고 있는 침침한 방에서 저녁을 먹고 난 뒤 영림은 아무래도 이렇게 일 주일은 견뎌날 수가 없을 것만 같았다.

재켜 놓은 이부자리에 비스듬히 기대어 담배를 피워 문 석운도 어서 어서 여비가 떨어지기 전에 아무데로든 떠나가야 겠다고 생각하는 것이었다.

어둑컴컴한 방 안엔 석운의 담배 연기만 푹푹 뿌려질 뿐 벽쪽에 우두커니 앉아 있는 영림이나 석운에겐 무거운 침묵만이 덮여오고 있었다.

「영림이!」

그 무거운 공기를 석운의 나직한 대화가 흔들었다.

「…………?」

「고도에 가서 오징어나 먹고 사는 생활에 환멸이 오지 않을까?」

「……………」

영림은 부채만 만지작거릴 뿐 말이 없다.

「그렇게 일 이년 살아 가노라면……」

『선생님 가정이 그리우시고 사모님이 그리우시면 지금이라도 돌아가심 되잖아요.』

『⋯⋯⋯⋯⋯⋯』

이번엔 석운 편에서 말을 잃어버렸다.

『영림이 가는 데까지 가봅시다.』

이윽고 둘이는 잠옷으로 갈아 입고 자리에 들어서도 말이 없었다.

불국사를 떠나오면서 하루 종일 시달린 심신이었다.

돈이 떨어지기 전에 이것 저것 생각해 볼 것 없는 낯설은 고도(孤島)라도 찾아가서 점점 식어가는 자기들의 정열을 구제해 보려던 희망이 이렇게 허전하게 무너져 지금 둘이는 서로의 괴로운 마음 속을 어떻게 위로할 수가 없었다.

『선생님 왜인지 지금 칸나는 울어봤음 좋을 것 같아요.』

『영림이, 자 어서 자요, 마음이 고단해지면 감정이 센치해져. 한잠 푹 자고 내일 문제는 내일 해결해 나가기로 해요.』

석운의 한 팔이 흑흑 흐느끼는 영림의 어깨를 가만 가만 달래 주었다.

얼마 뒤 영림의 흐느낌도 멎고 둘이는 고단한 꿈 속에 빠져버린 뒤 삼십촉 희미한 전등불엔 어디로 들어왔는지 부나비 몇 쌍이 나불나불 춤을 추고 있었다.

그러나 그것도 몇 시간의 휴식 뿐 영림은 고단한 꿈 속에서 깨어나고 있었다.

옆에는 며칠 사이에 훨씬 더 이마에 주름살이 잡힌 석운이 곤한 잠에 빠져 있었다. 영림은 잠든 석운의 얼굴을 빤히 들여다본다.

움푹 들어간 눈자위…… 지나간 날 로맨스 그레이라고 사랑스런 꿈이 깃들었던 흰 머리칼이 유난히 눈에 띄어 왔다.

「이렇게 고달픈 선생님 곁에서 나는 끝까지 정열을 불사를 수 있다는 말인가? 선생님은 심신이 지쳤고, 칸나가 구제 받으려던 고독은 오히려 두 사람의 영혼을 그 그늘 깊숙히 끌어 넣을 것이다. 환멸은 당장 밝아오는 아침에라도 올 수 있는 준비가 갖춰졌다.」

칸나는 자리에서 가만히 빠져나오며 괴로운 환멸의 때가 오기 전에 칸나는 즐거운 추억을 안고 돌아가리라고 생각해 보는 것이었다.

서울까지 여비만 남기고 나머지 돈은 석운의 머리맡에

놔두었다. 새벽이었다. 영림은 옷을 입고 난 뒤 가만히 석운 옆에 꿇어 앉았다.

『선생님 안녕!』

잠든 석운의 볼에, 입술에 눈물 젖은 입술 자국을 남기며 방문을 나서는 영림의 귀에 해안을 끼고 오는 새벽 열차 소리가 울려오고 있었다.

칸나의 불타오르던 정열에 환멸이 오기 전에 자기는 떠나가야겠다고 잠든 석운의 얼굴에 입술 자국을 남기며 영림이가 총총히 떠나간 포항 일실에서 석운도 고단한 아침 잠을 깨고 있었다.

『아 ──』

기지개를 켜며 반듯하게 누운 자세대로 석운은 머리맡의 담배 갑을 더듬어본다.

『...........?』

담배갑 대신 쥐어오는 하얀 카드와 돈.

『영림이!』

자리에서 후딱 일어난 석운은 벌써 늦어진 시간임을 알면서도 영림을 불러본다.

《선생님! 이 이상 더 정열이 식기 전에, 서로가 환멸을

느끼기 전에, 아름다운 기억을 품을 수 있는 행복한 시간에 제가 먼저 떠나는 것 뿐입니다.》

하얀 카드 위엔 올망졸망한 영림의 예쁜 글씨들이 이렇게만 써놓고 가 버렸다.

「아아……」

석운은 벽에 벌렁 기대버렸다. 올 것은 오고 갈 것은 가 버렸다. 언제고 한 번 이렇게 허탈한 심정에 빠질 것을 계산해 넣은 사십대의 지성이었지만 그것이 이처럼 가슴에 부딪치는 감정일 줄은 몰랐다.

「그럴 수 있는가 영림이……」

그러나 지금 석운의 가슴 속에서 조수처럼 밀려 나가고 있는 허탈한 감정의 틈서리에 한가닥 아늑한 평온 같은 것도 꼬리를 물고 들어왔다.

「언제고 한 번 벗어 놓아야 될 짐.」

그 무거운 짐이 저 혼자 달려 왔다가 저 혼자 지쳐서 나가 떨어졌다고 무거운 짐을 벗어버린 가벼운 느낌이다.

「이제 나는 어디로 가서 무엇을 해야만 되는가?」

석운은 담배 한 대를 붙여 불며 천천히 지나간 부나비

와도 같던 날들을 더듬어 보며 자기 위치를 설명해 보는 것이었다.

『그러나 영림이, 영림이!』

언제고 필연성을 띤 이런 종류의 불행이 자기들 앞에 내리어지리라고 석운의 타다 남은 지성은 그것을 말해 주었지만.

『불나비! 불나비와도 같이 영혼을 연소시켜 보자고 그것만이 젊은 칸나가 갖는 삶의 의욕이요 목적이라고 그렇게도 싱싱하게 덤벼오더니…… 영림이!』

십 팔년 동안이나 정들인 아늑한 별을 잃어버리고 이제는 단 하나의 영롱하던 구슬마져 사라져 갔다고 석운의 기억은 자꾸만 울고 있었다.

『구슬을 잃고 별을 잡았는데…… 무거운 짐을 벗어 버리고 진정한 자기를 찾았는데……』

이렇게 자유를 얻었어도 허탈하기만 한 자기가 석운은 갑자기 서글퍼졌다.

『너무나 빨리 나는 어여쁜 칸나를 잃어버렸다.』

지나간 이십 여년 동안이나 쌓아온 세속적인 온갖 노력을 하루 아침에 무너뜨릴 수 있었던 것도 칸나의 눈부신 정열 속에서 하나 하나 생명을 불태워 갈 수 있었기 때문이지만 그러한 감정의 지주(支柱)를 상실한 지금 석운은 자기 자세를 찾을 수가 없었다.

『이럴 줄 알았다면 차라리 영림의 후렛쉬한 의욕과 정열 앞에서 나머지 타다 남은 목숨을 불나비 같이 몽땅 태워 버리는 편이 행복 했을 것을……』

차라리 일체의 것을 망각했던 편이 더 나았을 것이라고.

『그러나 옥영이, 저 아득한 별빛 속의 옥영이!』

허탈한 육체 속에 조수의 간만과도 같이 우루루 몰려왔단 떠나가는 감정들……

『나는 마침내 모든 것을 잃었다…… 그러나 아니 나는 모든 것을 한꺼번에 찾고 있는지도 모른다.』

석운은 조용히 눈을 감았다.

31. 孤獨[고독]의 位置[위치]

열어 놓은 창 밖으로 무자비한 태양이 내리쬐는 거리가 보였다.

칠월의 오후 세시.

여름 옷으로 성장한 남녀들의 어지러운 발걸음들만이 권태로운 페이브 위로 흩어져 가고 있었다.

영림은 칼피스 한 모금을 빨고는 이내 또 어지러운 창밖으로 고개를 돌렸다.

부산스럽게 부채질들을 하며 웅성대는 무수한 사람들의 무수한 표정을 마주 대할만한 마음의 여유가 영림에게 없었다. 그래서 밖을 내다보는 영림의 눈엔 울긋불긋한 파라솔이며 축 늘어진 파나마 그늘 사이로 지나가는 버스, 전차, 고급 택시들……

『권태로운 행렬이다.』

그러나 저렇게 권태롭기는 하여도 남들에겐 모두 다 바쁘게 갈 곳들이 있다고 조금 전에 하던 생각을 되풀이 하는 것이었다.

『어디로 갈까?』

햇볕과 먼지 속에서 터벅터벅 걸어오던 영림은 갑자기 갈 곳이 없었다. 을지로 입구에서였다. 영림은 어느 꽃가게 앞에서 잠시 멈추었던 걸음으로 이내 다방 문을 열며 역에서 부터 여기까지 아무런 생각도 없이 남들 틈에 밀려 온 자기가 쑥스러워졌다.

『집으로?』

이 하늘 밑에서 남들처럼 집이 있어도 유리창을 뛰어넘어서까지 거역하고 나온 아버지와 오빠가 있는 그 집으로 돌아갈 생각은 없었다.

돌아갈 곳이 없는 영림은 잠자코 고개만 젓는다.

『죽어버릴까보다.』

그러한 영림에게 애수가 왔다. 그러나 오늘 아침 포항을 떠나오며 차창에 기대 앉은 영림에게 금방 금방 그런 생각들이 물거품처럼 일어났지만 이내 하얀 미소로써 지워버리곤 하던 낡은 센티멘탈들이었다.

『이렇게 살기 위해 버둥대는 인생의 대열에서 누구보다도 생에 집착하는 칸나 혼자 쓸쓸히 죽어갈 이유가 무엇이냐?』

누구보다도 싱싱한 의욕 속에 누구보다도 숨가쁜 저항 속에 살아온 자기를 기억하는 현대인 고영림의 의욕에찬 미소 하나가 감상에 빠진 듯한 자기를 비웃는 것이었다.

『칸나는 언제나 칸나를 위해서 살아 왔다.』

때문에 칸나의 정열을 불사르고 떠나온 지금도 자기가 불행하다고는 생각해 볼 수 없는 영림이었다.

『강선생님과는 떨어져 왔지만 강석운이라는 인간을 통해 성장할 수 있었던 칸나의 인생은 소중한 푸러쓰다.」

강석운이라는 한 사람의 사나이에게서 불살라버린 정열을 강석운이로 하여 구제될 수 있었던 자기의 고독이라고, 때문에 그런 정열이 식기 전에 떠나온 자기는 행복하다도 생각해 보는 영림이었다.

그렇게 있는 영림에게 후딱 로맨스 그레이의 표정 하나가 날아 왔다.

『지금쯤 강선생님은 무엇을 하고 계실까?』

심각한 고뇌 속에서 안정을 잃고 있는 석운의 표정 하나를 다음 순간 영림은 도리도리하며 힘껏 지워버리고 있었다.

『강선생님은 강선생님대로 자기의 인생을 살아가고…… 칸나에게는 계산이 없다. 지난 날의 낡은 감상보다는 항상 새롭고 움직임이 있어야 한다.』

칸나의 고독은 칸나의 행동만이 구제할 수 있었다.

칸나는 항상 새롭고 움직임이 있어야 된다고 영림은 탁자 위의 핸드백을 집어 둘고는 우뚝 서버리고 말았다.

카운터 위에 차값을 치르고 영림은 「기다림」 다방 문을 총총히 나섰다.

「기다림」 다방을 나선 영림은 파라솔을 갖지 못했기

에 쏟아지는 햇볕을 피하며 비좁은 꽃가게 앞에 잠깐 섰다.

지나간 봄 벚꽃이 한창이던 무렵 어느 날 아내의 부정한 환상에 쫓기며 십팔년 동안이나 고즈넉히 지켜온 가정 낙원의 절박한 위기 의식에 사로 잡힌 강석운이 가야쓰데 분을 깨치며 뛰쳐 나온 그 꽃가게엔 지금 히야신스, 글라디오라스, 장미가 빼곡히 들어서고 알맞은 화분에 야쓰데도 한 그루, 바로 옆엔 크림즌 레이크로 불타오르는 칸나마저 줄기찬 잎사귀와 더불어 피어 있었지만 한산하게 꽃구경을 하고 있을 마음의 여유가 없는 영림은 이내 종로 쪽으로 또박또박 발걸음을 옮기고 있었다.

『며칠 동안 동무네 집에 가 있으면서……』

그러면서 칸나의 배(舟)를 저어가자고 영림은 그렇게 생각하며 걷는 것이었다.

『그렇지만 너줄하게……』

그러나 그것보다도 막상 딱 누구라 생각해 보니 떠오르는 얼굴이 없었다.

보이 프렌드들의 젊음 속에는 풋병아리 같은 치졸을 느끼며 고독했고, 지긋한 사회인들에게선 세속의 때로하여 발효해 버린 술찌꺼기를 연상하며, 영롱한 애정을 발견하지 못하던 영림은 상아탑 속에서도 순박한 우정을 찾아낼 수 없었다.

투명한 이성과 소박한 감정으로 발랄한 영림의 대화에 그들은 언제나 불연속을 이루었고 마침내 대화를 잃어버린 영림의 곁에서 동무들은 하나 둘 떨어져 갔다.

모두 다 칸나의 까다로운 생리 때문이라고 동무네가 있는 청진동까지 가려던 영림은 신신 앞에서 서 버리고 말았다.

그때 문득 떠오르는 생각 하나가 있었다.

『아! 혜련언니……』

그제야 영림은 이제까지 까맣게 잊고 있었던 올케 한 혜련을 생각하며 칸나는 너무나 처절한 에고이스코트였다고 자신을 가볍게 나무라 보는 것이었다.

영림은 신호를 기다리고 있는 빈 택시 하나를 잡았다.

『삼청동까지 가줘요.』

이윽고 시그날이 떨어지고 차는 스름스름 안국동 쪽으로 달려가기 시작했다.

뒷 쿠션에 앉은 좌상 그대로 영림은 눈을 감아본다.

감은 눈 위로 석고상처럼 표정 없는 올케의 푸로필 하나가 떠올랐다. 그 올케가 가슴을 싸안고 아침 저녁 정성껏 가꿔 놓은 울타리 밑의 봉선화는 지금쯤 무더기가 지게 피어 있으리라……

『봉선이처럼 불쌍한 혜련 언니!』

가슴이 상해가도록 마음 속의 거문고만 타면서 봄, 여름, 가을…… 물들여도 애만 터지는 새끼 손톱만 빤히들여다 보다 죽을 혜련언니를 자기는 마침내 학녀보다도 얄궂게 배신하고 말았다고 그런 생각이 영림에게 왔으나 영림은 프론티 글라스로 고개를 돌리며 마음 속으로 도리질을 하는 것이었다.

『프라우 조르게(憂愁夫人[우수부인]) 할렌의 한낱 애달픈 사랑의 전설을 위해서 내가 서글퍼질 이유는 없어.』

중앙청 앞에서 차는 커브를 했고 영림은 좌상의 위치로 돌아와 눈을 감고 있었다.

이번엔 그 감은 눈 위로 무수한 군상들이 지나가고 있었다.

강석운……사모님……한혜련.

사장 아버지……오빠……송준오. 그 환영 속에서 마지막까지 지워지지 않는 창백한 얼굴 하나가 있었다.

『준오, 준오……』

이미 김옥영이라는 여인이 차지하고 있는 강석운이라는 사십대의 남성과 송준오의 순수한 정열.

『순수성을 상실한 정열과 독약까지 마시며 덤벼드는 순수한 정열.』

지난 날 송준오의 그 순수성을 풋병아리 같다고 등을 쳐주며 돌려 보내던 생각에 흔들림이 왔다.

차는 삼청공원을 바라 비탈길을 오르고 있었다.

『……기다림의 행복을 남겨 두기 위하여 다음 말이 갑자기 듣기가 싫어졌읍니다.』

이 말은 지난 봄 강석운과 한 번 만나고 헤어진 뒤 뜰안 돌산 틈바구니로 칸나가 기승을 부리며 성장하던 오월. 「저항하는 칸나」의 계절 그 어느날 김옥영이라는 한 여인이 차지하고 있는 강석운에게서 보다 칸나를 위하여 자기의 목숨하나를 희생할 수도 있었던 송준오에게 칸나의 일생을 맡길 수 있으며, 거기서 칸나의 일생을 맡길 수 있으며, 거기서 칸나의 강렬한 의욕을 불태울 수 있을까 하는 최후의 기대를 가지고 준오와 마주 앉았던 명동 어느 〈가뽀야〉 이층에서, 부디 영림은 행복하라고 그러나 자기는 떠나간 영림을 고이고이 기다리는 불행한 행복을 어루만지겠다고 흐느껴 울면서 송준오가 하던 말이었다.

지금 영림은 흔들리는 차 속에서 눈을 딱 감은 채 그러한 준오의 기억을 살려보고 있었다.

『이제 돌아가서 그러한 준오의 순수성 속에서 칸나의 정열을 새롭게 불태워버릴까?』

막연한 기대하나가 왔다. 그러나 그 〈가뾰야〉의 밤 울면서 울면서 자기와 저항하며 날뛰던 기대보다는 좀 더 뿌리 깊은 현실적 발판을 가지고 있는 기대라고 영림의 고독이 소근거리고 있었다.

『수염이 까칠 까칠한 하오의 순정 속에서.』

칸나의 정열을 파랗게 불사를 수 있다면 얼마나 고마운 일이냐고 칸나의 기대는 성장하여 갔다.

차는 평탄한 삼청동 오르막길을 다 오고 있었다. 그래서 운전수는 눈을 딱감고 잠자코 앉아 있는 영림의 좌상을 빽미러로 들여다보며

『공원으로 올라갈깝쇼?』

히죽이 웃으며 물었다.

『아! 다 왔어요, 저 골목 앞에서 세워 줘요.』

이윽고 차는 혜련네 골목 앞에서 서고 영림은 탕약 냄새가 풍기는 뜰 안으로 들어갔다.

「아이구 이게 누구야!」

대문 소리가 나자 건넌방 재봉틀에 앉아서 밖을 내다 보던 혜련 어머니가 반색을 하여 마루로 나왔다.

「그동안 안녕하셨어요?」

어머니의 놀란 소리에 혜련이도 벌떡 일어나 밖을 내다봤다.

「아……!」

「아!……」

그처럼 소중히 아끼던 돌구름을 아름다운 꿈의 동산에서 빼앗아 간 여인과 빼앗긴 여인은 말을 잃었다.

저 눈, 코, 입을…… 입술을 꼭 깨문 채 영림의 얼굴을 말똥히 내다보는 혜련의 창백한 표정과 그러한 혜련 앞에서 얼마쯤 당황해지는 자신을 느끼면서도 영림은 태연히 방으로 들어올 수 있었다.

「언니!」

마침내 혜련은 고개를 떨어뜨리고 말았다.

「나, 언니한테 꼭 하고 싶은 말이 있어서」

그러나 혜련은 영림의 말보다도 돌구름의 소식이 다급해서 물었다.

「강선생은?」

『……………』

『강선생님께서는 어디 계셔?』

『아마 포항 계실 거야.』

『뭐? 포항.』

『울릉도 가서 오징어나 먹고 살려다 포항에서 나 먼저 와 버리고 말았어.』

『아……』

학녀다. 나쁜 영림이. 저렇게 귀여운 영림이가 하필이면 학녀가 되었더냐고 조개 알을 바드득 깨물던 할렌처럼 혜련은 입술을 꼭 깨물었다.

『언니! 나 지금 언니 맘 너무나 잘 알 것 같아요. 허지만 강선생님은 전설 속의 임금보다는 좀 더 인간이었댔으니까…… 나 조금도 언니께 부끄런맘 없어요……』

거기서 영림은 어머니가 썰어 온 도마도 즙을 먹으며 잠자코 듣고 있는 혜련 모녀에게 강선생과 헤어져 온 얘기를 쭈욱 들려 주었다.

영림의 얘기를 다 듣고 혜련 어머니는 안국동으로 부라부라 김박사 부인 오신정 여사를 찾아갔다.

『어쩐 일로 이렇게?』

외출을 하려던 오신정 여사를 현관에서 만났다.

『마침 잘 되었구먼요. 우리 아이 시누 아씨가 돌아왔어요.』

『아 그래서요? 강선생도 돌아오셨대요?』

『어쩐 걸요. 그분은 포항에 남으시구 아가씨 혼자서 왔다는군요.』

『쯧쯧! 그 양반 큰일 나셨군. 늦바람이라더니…… 하여튼 아주머님 잘 오셨군요. 오랫만에 옥영이한테 한 번 들릴려던 참이였는데……』

오신정 여사와 혜련 어머니는 로터리까지 나와 택시 하나를 세웠다.

혜련 어머니를 먼저 모시고, 자기도 폭신한 뒷 큐션에 파묻히며 오신정 여사는 영림이라는 깜찍한 학생에게 흥미가 가고 있었다.

『그래, 영림이라는 학생은 왜 혼자 헤어져 왔대요?』

『글쎄, 우린 무슨 소린지 이해가 가지질 않더군요. 그분에게서 자기의 정열에 환멸을 느끼기 전에 자기 먼저 떠나왔다고 아가씨는 힘 하나 안 들이고 또박또박 말하더군요.』

『어쩌면! 요즈음 젊은 애들은 그래서 탈이지 뭐예요. 남녀가 한 번 만나고 한 번 헤어지는 일이 얼마나 어려운 일인데 다 큰 처녀 애들이 제 몸 생각도 못하고 그저 덤벙거리니……」

「글쎄 부인! 몸 생각이 뭡니까, 우린 도무지 모를 소리가 가정을 가지신 분하구 팔도를 싸돌다 돌아온 새파란 처녀 입에서 자기 인생에 푸러쓰가 되었다고 후회하는 빛은 조금치도 없거든요.」

차는 푸라타나스 그늘을 지나며 혜화동에 들이닿았다.

「도현 엄마아.」

현관문을 열며 오신정 여사가 호들갑스럽게 불렀으나 집안은 텅 빈듯 고즈넉했다.

「아! 사모님 오셨군요.」

부엌에서 푸성귀를 씻던 식모가 손을 닦으며 나왔다.

「다들 어디 갔우?」

「오늘 아침이 할머님 생신이시라 그래 모두 정릉 갔어요.」

「그래? 그럼 어쩌노…… 저 식모, 집은 우리가 봐줄 테니 곧장 정릉 다녀 와야겠오. 도현 아버지 계신 데를 알고 또 같이 나간 학생도 돌아왔으니 정릉 가서 도현 엄마랑 할아버님을 모셔와요.」

「아! 우리 선생님이…… 그럼 내 곧 다녀 올께요. 이리

들어오셔요.」

오신정 여사와 혜련 어머니는 응접실로 들어가고 식모는 옷을 바꿔 입고 정릉으로 허둥지둥 달려갔다.

그로부터 얼마 뒤 문 밖에 차 멎는 소리가 요란스럽게 나며 강학선 교수와 혜숙을 데리고 옥영이가 들어왔다.

「이렇게 무더운 데 저의 집 일로 수고를 끼칩니다.」

「별스런 말씀……」

인사들을 나눈 뒤 탁자를 끼고 네 사람은 마주 앉았다.

「도현 아버지 일 때문에 아주머님이 제게 오셨잖아요. 그래 제가 모시고 왔답니다.」

옥영이가 마주 앉은 혜련 어머니에게 고개를 숙였다.

「어머님 죄송합니다.」

「아무래도 말씀을 드려야 되겠기에……」

그러며 혜련 어머니는 영림에게서 들은 얘기를 빠짐없이 들려 주었다.

「아가씨 얘기가 강선생님은 며칠은 더 포항 여관에 계실거라구요.」

「전해 주시는 말씀 감사히 들었읍니다.」

그러나 하나 밖에 없는 아들을 위하여 강학선 교수는 자리에 더 앉아 있을 수가 없었다.

『그러면 어미야 이렇게 하자! 아무래도 내가 밤차로 내려가서 석운일 만나 보겠다.』

강학선 교수는 전보를 치겠다고 밖으로 나오고 굳이 만류하는 옥영의 청에 못 이겨 오신정 여사와 혜련 어머니가 저녁을 마치고 옥영네 집을 나온 때는 여름 밤이 꽤 깊은 뒤였다.

『아가씨 집에선 어머니랑 까아맣게 기다리고 계실 터인데……』

오늘이라도 돌아가봐야 되지 않겠느냐는 얘기를 혜련 어머니는 하고 있었다.

그러나 영림은 봉선화가 무더기 무더기로 햇볕을 받고 있는 꽃밭을 내다보며 잠자코 아침 화장만 하는 것이었다.

『아무래도 아가씨를 낳아 주신 부모님이 계신 곳이라야 안식처가 되어 주지, 아가씨 혼자 있음 마음이 외로워요.』

그제야 파후를 치던 손을 멈추며 영림은

『어머님, 너무 염려 마셔요. 저도 조금은 제 일 해 나갈 줄 알아요.』

『글쎄, 난 영림 아씨가 너무 총명해서 그게 늘 걱정이라오.」

「후훗! 총명이 지나쳐서 위태하시단 말씀이죠.」

「아이, 재롱의 말두…… 호호.」

「어쩌면 어머니도, 불국사까지 나녀온 미쎄즈인데 그렇게 아기같이 놀리기만 하셔요 후훗……」

「쯧! 그런 말 쓰면 안돼요.」

목소리를 죽이며 조용조용히 이런 얘기들을 하고 있는 혜련 어머니 쪽으로 어젯밤을 꼴딱 새운 혜련이가 까부라져 잠이 들어 있었다.

별빛 속에 잠든 삼청공원 일대를 은은하게 울려오는 자정 종소리를 들으며 영림이도 잠을 못 이루었지만, 영림이의 나타남으로 하여 되살아오는 충격 속에 혜련은 뜬 눈으로 지내다 오늘 새벽엔 각혈까지 한 것이었다.

「…난 이제 아무런 것도 생각하기 싫어요. 아가씨는 날 페씨미스트라구 그러셨지만 난 내가 갈 앞 길을 너무나 빠안히 들여다보고 있는 사람인 걸요 조용히 나 혼자서 죽어 가면 될 사람이예요.」

사랑을 받는 감각적인 행복이 아니라, 사랑하는 사람을 사랑하는 행복 속에서 영원한 행복을 모색하던 프라우 조르게의 체념은 영림이의 불타는 의욕 앞에서 콜각

콜칵 피를 토하고 까부라져 누워 버렸다.

『내가 언니한테 괜히 왔어.』

핏기라곤 한 점도 없이 새하얗게 잠든 혜련을 들여다 보며 영림은 지금 자기는 그 올케를 위해서 못할 일을 시켜 주었다고 후회 비슷한 감정 하나가 획 날아왔다.

그러는데 요란하게 대문 소리가 나며 눈물 섞인 목소 리가 뜰 아래에서 왔다.

『아이구, 영림아!』

오늘 아침 혜련 어머니의 부탁으로 건 오신정 여사의 전화를 받고 허둥지둥 달려온 어머니였다.

『나는 네가 꼭 죽어서 돌아오는 꿈을 열 번이나 꾸었 단다. 우리 영림인 착하지, 얘 영림아!』

딸의 온몸을 쓰다듬으며 우는 어머니 앞에서 이런 어 머니를 두고 자기는 외따른 섬 속으로 가 버렸을지도 모른다고 어머니의 손 하나를 잡은 채 영림도 조용히 울고 있었다.

『어머니, 이제 그만 우셔요.』

기운 없는 소리였다.

『아…… 더위를 타느라고 고생이 더한 모양이로구 나.』

그제야 자리에서 가까스로 일어나려는 혜련을 말리어 영림 어머니는 이런 말을 했다.

『오늘 새벽엔 또 각혈을 했답니다.』

이 어머니와 딸 앞에서 영림 어머니는 무어라고 떳떳한 말을 할 수가 없었다.

『네 남편 하나 없는 셈 치고 집에 와서 있으려므나.』

이 불쌍한 며느리 앞에서 시어머니는 자꾸만 가슴이 조인다. 어색한 표정이 두 어머니에게 흘렀다.

『얘, 영림아! 빨리 가보자. 네 아버지도 걱정이 태산 같으시단다.』

치료비에 보태라고 봉투에 넣은 수표 한 장을 억지로 남기고 영림네 모녀는 골목 밖에 세워 놓은 차에 올랐다.

아현동 집 문 밖에서 차를 멈추고 영림과 어머니는 총총히 안으로 들어갔다.

『어머나! 아가씨가……』

대청 마루에서 다듬이질을 하고 있던 식모 덕순이가 영림을 보고 반색을 하며 뛰어 나왔다.

어린 아이들처럼 깡충깡충 뛰면서 어쩔 줄을 모르는 덕순이의 손목 하나를 영림은 잡아주면서

『덕순 언니, 잘 있었어?』

『아유, 아가씬 여전하시네.』

『할머니도 안녕하셨어요?』

돋보기 넘어로 웃음을 죽이며 영림을 보고 있던 침모 할멈도 그제야

『아가씨 도망갔음 한 일년쯤 있다 오시지 벌써 오시우.』

『가다가 여비가 떨어졌어요 후훗!』

『호호호……』

웃어 젖히는 덕순의 뒤에서 어머니는

『얘, 영림아 그 가슴이 절렁거릴 소린 그만 두어라 아이휴!』

『저어 아가씨……』

무슨 얘기를 하려는지 덕순이가 어머니 눈치를 힐끔거리며 영림의 귀에 대고 소근거렸다.

『꼭 소박 맞고 쫓겨온 시골뜨기 같아요, 아가씨 몸차림이 훗후……』

『요것이 누굴 놀리려고.』

그러나 영림도 그런 종류의 감정 하나가 꼬리를 늘이고 있었다.

『얘, 어서 네 방으루 건너 가서 그 먼지 앉은 옷을

벗어 놔라.」

어머니는 잃었던 딸이 아니더냐고 어린 양을 찾은 목자의 비유를 열심히 생각하며 손수 주방으로 나가 얼음에 채웠던 쥬스며 청과들을 벗겨왔다.

「너를 낳은 어미지만 네 심경은 아예 묻지 않기로 하겠다. 그저 이렇게 네가 이 어미에게 돌아왔다는 사실 하나만이 그지 없이 고맙구나!」

어머니는 쥬스를 훌쩍 훌쩍 마시는 딸을 보자 또 눈물이 솟았다. 생각하면 이가 갈리도록 원통한 일이요, 가슴을 풀어 헤쳐도 분한 마음을 다할 수는 없겠지만, 지나간 두 달 동안 행방을 모르던 귀여운 딸 자식을 기다리는 하루하루에서 그런 마음들은 하나 둘 사라져 가고 이렇게 살아서 보게 된 까다로운 성미의 딸이 그지 없이 고맙기도 했다.

「어머니, 죄송스럽게 됐어요. 그렇지만 이 말은 제 자신이 부끄러워 하는 소리는 아니예요. 저는 지금도 강선생님을 안 일을 조금치도 후회하고 있지는 않으니까요. 지나간 얼마동안은 칸나의 일생에 있어 가장 중대한 시기였으니까요.」

「아이구, 애야 뭐가 무슨 말인지는 모르겠다만 어쨌

든 네가 장하구 착하게만 뵈는구나.」

영림은 일어서면서

『아버지 오빠 여전하시죠?』

별로 듣고 싶지 않은 물음이었다.

『여전이 뭐냐? 요즘은 극성이란다. 무슨 복을 타구났는지. 네 아버진 그 황산옥 인가 뭔가를 내보내고 젊은 여사원을 들여 앉히겠다고 야단이고, 네 오래비는 그 애리 때문에 회사 일보다는 땐스 홀 일이 큰일이니……네 어미 혼자 사면초가구나 얘야.』

영림은 자기 방으로 건너왔다.

그동안 쓰지는 않았지만 깨끗이 정리되어 있었다.

책상 위엔 어느 사진첩에서 떼었는지 M대학 정원 고목에 기대서서 찍은 영림의 사진이 화려하게 웃고 있었다.

자기가 없는 동안 이렇게 자기를 기다리던 어머니의 사랑이 우루루 왔다.

어머니는 어느새 「밀화부리」 조롱도 양실 처마 밑에서 영림의 책상 위에 옮겨 놓고 있었다.

『영림아, 목욕 물 넣어 놨다.』

『네에.』

영림은 옷장으로 가서 가운으로 바꿔 입고 목욕탕으로 들어갔다.

그때 이 으리으리한 고종국 사장집 문 앞에 멎는 감색 시보래 한 대가 있었다.

지금 막 아현동 중턱까지 올라온 택시에서는 옅은 회색으로 말쑥하게 차린 청년 하나가 내려 이내 아담하게 꾸민 영림네 정원으로 들어서고 있었다.

앞뜰 돌산 사이로 기승을 부리며 성연(盛宴)을 베풀고 있는 칸나의 싱싱한 잎사귀들 사이로 우드커니 드러난 삼충탑을 바라보며 순간 청년의 늠름한 얼굴엔 잠시 한 가닥 우수가 스쳐갔으나 이내 청년은 평온한 표정을 회복하며 안채로 성큼성큼 걸어갔다.

『아이구, 도련님이 어떻게…… 어서 들어오우!』

건너 방에서 나오던 어머니가 청년의 손을 잡을 듯 반가와 하였다.

『너무 어랫동안 뵙지 못했읍니다.』

청년은 모자를 벗으며 정중하게 허리를 굽혔다.

『그래, 더위에 댁에서들 모두 편안하시고?』

『네! 염려해 주셔서……』

어머니와 청년은 양실 마루에 선풍기를 내놓고 마주

앉았다.

『그 동안 어쩌면 그렇게 오지 않았어요? 무척 바빴나봐.』

어머니는 무겁게 시선을 떨어뜨리고 있는 청년의 얼굴을 건너다보았다.

『네…… 실은 그 동안 여권수속도 좀 남았고, 또 저는 저대로 마음의 안정을 잡느라고 문 밖 출입을 별로 안 했읍니다.』

『아 참! 도련님이 미국 간댔지? 그래 어떻게 됐노?』

『저, 내일 아침 서북항공편으로 떠나게 되었읍니다.』

『내일?』

그동안 복잡하던 수속과 감정을 정리하고, 내일 도미 여정(渡美旅程)에 오르겠다는 준오의 늠름한 얼굴을 어머니는 정신없이 들여다보며

『어떻게 그렇게 갑자기……』

『앞으로 종종 못 뵈옵게 되었읍니다. 떠난 뒤 소식이나 자주 전해 드릴까하고 오늘 이렇게 어머니를 뵈러 왔읍니다.』

덕순이가 오렌지 쥬스 두 컵을 들여왔다. 그 쥬스를

저으며

『그래 얼마나 가 있으려우?』

다급해지는 심정으로 어머니는 물었다.

『글쎄요. 한 사년 생각하지만 그건 가서 봐야 알겠읍니다.』

준오와 어머니는 컵을 놓고 창가로 시선을 던진 채 얼마동안 잠자코 있었다.

『저 그러면 가봐야 되겠읍니다. 사장님과 고형껜 인사 드렸읍니다.』

『아니 우리 영림이도 있는데 점심이나 먹고 가요.』

『아…… 영림이가!』

탁상 위에 모자를 집어든 채 준오는 얼맛동안을 망설이고 있었다.

『이제 곧 들어올 테니, 자 더 앉아서 얘기나 좀 하다가요.』

『아니 어머니, 저는 어머니를 뵈러 왔지 영림씨를 보러 온 것은 아니니까요. 영림씨를 꼭 만날 필요는 없읍니다.』

『…………?』

준오는 조용히 문 앞으로 다가섰다.

『떠나면서 준오는 영림씨의 행복하기를 진심으로 바라더라고 그렇게만 전해 주시면 감사 하겠읍니다. 그러면……』

『아니 그래두 영림일 잠깐 보고 가야지 내일 미국으로 간다는 사람이.』

준오는 말없이 문을 열었다. 이미 결정지어진 자기의 인생 코스에 이제 와서 새삼스럽게 고영림을 만남으로 해서 변화가 오리라고는 조금도 생각지 않았지만, 지나간 괴로운 기억을 소생시켜 본다는 것은 역시 불유쾌한 일이라고 영림을 보지 않고 가버리고 싶었다.

『아……!』

『준오씨!』

그러나 준오가 열어 놓은 문 밖엔 고영림의 화려한 눈동자가 오뚝이처럼 마주 서서 돌부처같이 표정을 잃은 준오를 바라보고 있었다.

『준오씨!』

말이 없다. 말이 없는 대신 준오는 영림의 눈동자를 자꾸만 들여다본다.

『말이 없음 저 싫어요. 내일 떠나신다죠?』

『…………』

준오는 창가로 가버렸다.

『축하합니다.』

영림도 창가로 나란히 갔다.

『자 난 나가서 상 볼 테니 그렇게 멍청하니 섰지들만 말고 이쪽으로 앉아서 애기들이나 해라 응?』

어머니는 열린 또어를 닫으며 나갔다.

『내일 몇 시에 떠나세요?』

『..........』

한 사람의 젊은 순정을 병아리의 유희라고 코웃음쳐버리던 영림을 준오는 그의 눈동자만 무섭게 쏘아본다.

『그렇게 보시면 전 울 것 같아요.』

이래서는 안 되겠다고 자꾸만 마음이 울먹울먹해지는 것을 영림은 기를 쓰고 참아갔다.

『저 무척 나빴죠?』

영림은 비뚤어진 웃음 하나를 지어 보였다.

『영림!』

마침내 준오의 침착한 목소리 하나가 그러한 영림의 감정 위로 왔다.

『..........』

『내가 이 순간에 영림에게 분명히 할 수 있는 얘기는

신에게 감사드리고 싶다는 말입니다. 그렇소! 나는 지금 쓰라린 과거도 순정도 깨끗이 망각해 버릴 수 있는 기능을 인간에게 부여해 준 조물주에게 감사를 드리고 싶소.」

「아……」

「이제 와서 이런 얘기를 한다는 사실조차 쑥스러운 일이지만 지난 날의 나의 순정이 영림씨에겐 너무나 아까웠읍니다. 이제는 칸나를 기다리는 행복 속에 살아 가겠다던 준오의 순정은 가고, 자기 부활(自己復活)속에 살아가는 희망과 의욕만이 제게는 남았읍니다.」

「아 준오씨! 준오씨, 그만 그만 둬 주세요.」

영림은 마침내 소파 등에 고개를 파묻고 흐느끼며 울고 있었다.

「어여쁘신 숙녀 앞에서 같이 울어 드리는 영광을 얻고 싶습니다만 불행히도 제겐 눈물이 말라버렸읍니다. 자 그러면 안녕히 계십시요.」

「준오씨!」

밖으로 나가려던 송준오를 울음을 그친 영림의 목소리가 막고 있었다.

「무슨 말씀이신지」

『준오씨! 언젠가처럼 오해하시면 안 돼요. 눈물이 불행의 증거만은 아닌것처럼 저, 지금 준오씨가 생각하고 계시는 것보다는 훨씬 행복한 사람이예요. 지금 흘린 제 눈물로 준오씨는 순정의 복수를 하셨다고 기뻐하시겠지만, 저는 저대로 달갑지 않았던 눈물의 부채를 갚아버린 셈이예요. 준오씨에겐 어느새 망각의 생활철학이 생기셨다니 앞으론 행복하실 거예요. 자 그러면……』

서로의 이별을 위해서 악수 하나를 남기자는 영림의 손을 준오는 끝끝내 잡지 않았다.

『여러 가지 의미에서 영림은 고마운 사람이요. 나에게 청춘을 배워 주고 이제는 눈물의 기교까지 배워 주니…… 그러나 내가 마지막으로 영림에게 남길 말은 역시 영림은 고독해야 될 사람이란 말입니다.』

어머니의 만류도 듣지 않고 송준오는 정원 돌산 옆으로 뚜벅뚜벅 사라져 갔다.

『아 —— 준오도 가버렸다.』

강(석운)도 가버렸다. 칸나의 저항도 의욕도 가버렸다. 지금 이 순간엔 「칸나의 고독」만이 세간 넓이의 이 방안에 우두커니 남아 있을 뿐이다.

『칸나여! 내일 일은 신의 의지에 맡기고 오늘은 조용

히 칸나의 고독을 향수하자.」

32. 失樂園[실락원]의 별

종일을 두고 이글이글 작렬하던 팔월의 태양이 잿빛놀 속으로 사라진 뒤 서울역전 광장에는 깊기 쉬운 여름밤이 스름스름 날려앉고 있었다.

그 어둠 속으로 오늘 밤 서울을 떠나가는 무수한 군상들의 피곤한 모습들이 모여들고 있었다. 헬멧을 쓴 점잖은 노신사, 대천으로 캠프를 떠나는 중학생들, 석간신문 장수며 담배 파는 아이들, 행상하는 여인들의 억센 사투리도 들려오고……

주차장엔 얼마 뒤에 도착될 경부선 급행열차를 맞기 위해 택시며 지프차들이 주욱 늘어서 있었다.

지금 그 주차장으로 합승택시 하나가 들어왔고 이내 하기강습을 받으러 온듯한 지방 교사들이 세명 내린 다음 아로하 노타이를 입은 청년하나가 내려 다음에 내리는 여인의 보스톤 빽을 받아 들었다.

「시간이 거의 됐을 겁니다.」

젊은 청년과 흰 모시적삼에 곤색 나이론 치마를 입은 대학을 갓 나온 듯한 여인은 늘어선 군중들 틈을 헤치며 나란히 이등 대합실로 들어섰다.

가벼운 피로감이 집산되어 가는 대합실 안 역등(驛燈)들이 무기력한 표정들을 비춰 주고 있는 구석쪽으로 그들 두 젊은 남녀는 걸어갔다.

청년의 시선이 자기 이마 위에서 타고 있는 것을 여인은 느끼며 고개를 숙였다.

「수련씨! 다시 만날 즐거운 기약 속에 수련씨를 떠나보냅니다.」

청년은 여인앞으로 다가섰고, 수련(秀蓮)이라 불리운 여인의 볼은 장미 빛으로 물이 들어 있었다.

「내려가서 곧 편지 주십시요.」

「네에.」

여인은 얼굴을 붉힌 채 고개를 까딱거렸다.

「이제 곧 개찰을 할 모양이군요 자아 수련씨!」

청년은 패스포드에서 약혼녀의 승차권을 내 놓았다.

「아이! 찬씨도…… 그런 걸 다……」

그러는 그들 옆으로 웬 보이 하나가 대합실 안을 두리번 거리며 다가오더니 이내 맞은편 쪽으로 달려갔다.

「아 여기 계셨군요.」

탄력 있는 살이 그대로 들여다 보이는 하늘빛 블라우스와 팽팽한 타이트 스커트를 입고 있던 아가씨가 시계를 들여다 보고 있다가 보이의 인사를 받았다.

「그래 전무님 왜 안 오신대니?」

아가씨는 보이가 내미는 쪽지를 펼쳐 본다.

《애리!

무섭도록 잘 팔리는 애리의 냄새를 며칠 동안 나 혼자서 마음껏 독점하려고 오늘 밤 안양엘 가자던 약속을 내일로 미루지 않으면 안 되게 되었어.

영림이가 오늘 돌아왔기 때문이야. 자세한 얘기는 내일로 미루고…… 오늘은 미안해요.

고영해》

「피이! 이건 뭐 제 맘대로야!」

애리는 고영해의 쪽지를 꼬깃꼬깃해서 대합실 구석에 집어 던졌다.

「매담 모실려고 차가 밖에서 기다립니다.」

이윽고 개찰이 시작되었고, 고전무와 유원지로 휴양을

떠나려던 이애리는 보이의 뒤를 따라 대합실을 나오고 있었다.

「어마?」

「왜 그러세요?」

「아니야, 미스터 권은 여기서 기다려요, 나 잠깐 저분 보고 올 테니.」

애리는 그러며 지금 막 대합실 문 밖으로 빠져 나가는 아로하 노타이의 청년 곁으로 깡충 깡충 뛰어갔다.

「저…… K신문의 송기자님 이시죠?」

「…………?」

어깨를 나란히 하고 방글방글 웃고 있는 여인의 얼굴을 송찬 기자는 의아한 눈으로 마주 바라보았다.

아무리 보아도 이렇게 짙은 화장을 하고 있는 여인의 얼굴이 송찬 기자의 기억엔 없었다. 그래서 송찬은 여인을 약간 경계하며 물었다.

「네! 제가 송찬입니다만, 실례지만 누구신지요?」

그러자 애리는 쿠욱 웃으며

「아마 모르실 거예요. 그날 밤 늦게 술이 취하셔서 친구분들이 모시고 제 집에 오셨댔으니까요.」

「네에?」

통 모를 소리였다.

『호호호…… 무얼 그리 놀라셔! 강석운 선생님이 쓰시던 「유혹의 강」이 중단되고 그분 따님의 호소문이 실린 신문으로 얼굴을 가리고 세상이 이럴수가 있느냐고 가정 낙원 설의 제창자요, 자기 결혼의 상담역이셨던 강석운 선생의 불행이 서러워서 자기는 지금 이렇게 울고 있는 것이 아니고, 이제 자기는 모든 인간을 불신임해 버린 고독 속에서 술을 마셨다고 서글피 우시던 날 밤의 기억…… 혹시 송기자님 기억나세요?』

『아…… 그랬읍니까.』

비로서 그날 밤의 기억이 희미하게 살아 오고 있는 송찬 기자였다.

그날 밤, 자기도 이 세상에서 둘도 없이 강석운 선생님을 존경하고 은혜를 입었던 여자라던 장미 무도복의 땐서…… 혹시 지금 자기 옆에서 방글거리고 섰는 이 여자가 그날 밤의 그 땐서인지도 모른다. 그래서 송기자는 고개를 조금 숙이며

『그날 밤의 무례를 용서하십시요. 저 을지로 이가 애리자였죠?』

『호오! 쩌날리스트시라 기억도 좋으셔. 그럼요 땐스

홀 애리자였고 제가 그 강석운 선생님을 둘도 없이 존경한다고 한 백 번은 발등을 밟히던 이애리예요.」

「아, 그러시다면 더우기나 실례가 되었군요.」

「아이 별말씀! 허지만 송기자님 때문에 저는 우리 금고한테 단단히 욕을 먹었죠. 아직도 애리한텐 쎈치가 있다구 밤을 홀딱 새우며 아주 혼났어요. 호호훗.」

송찬 기자는 이런 여자와 더 마주 서서 이야기할 흥미가 없어졌다. 뉴스를 잡기엔 너무나 가치가 없는 여자다 이런 여자 앞에서 약혼녀를 떠나 보내고 돌아 오는 첫시간을 맞다니 기분이 잡쳐 왔다. 그러는데 여인이 바싹 다가서며

「송기자님 바쁘시지 않으시면 제게 가서 맥주나 드시다 가시죠.」

「아니! 좋습니다. 저 지금 취재 중이니까요.」

「호오…… 밤에도 취재활동을 하신다? 그래 역사근처(驛舍近處)에서 스쿠프(特種)라도 하나 잡으셨어? 호호.」

「자 그러면 실례합니다.」

그러자 전찻길을 넘으려는 송찬 기자를 애리는 막았다.

「그러시담 이애리가 K신문 일단 기사거리 하나 드리죠.」

「네에? 기사요?」

애리는 잠자코 웃는다.

「작가 강석운씨 귀가(?) 오늘 정부 고영림은 고독의 방에 안착! 호호 어때요?」

「거 정말입니까? 고영림이라는 학생이 돌아왔어요. 강선생님도요?」

「강선생님은 모르죠만 영림인 분명히 돌아왔어요. 신빙할만한 소식통이 전해 왔으니까요.」

「애리양! 감사합니다. 뉴스 쏘스는 밝히지 않겠읍니다만 사례는 강선생님을 만난 뒤 베풀겠읍니다.」

송찬 기자는 애리의 손목 하나를 가볍게 흔들고 전찻길을 뛰어 넘었다.

아! 그러나 바로 그때 그들이 서 있는 바로 뒤까지 다가왔던 중년신사 하나가 파나마 모자를 깊게 눌러 쓰며 허둥지둥 군중 속으로 사라지는 것을 애리가 조금만 일찍 돌아섰어도 보았을 것이었다.

「이제는 그리운 사람들의 얼굴을 볼 수가 없게 되었다! 이것이 벌이다! 죄악이다.」

조금 전에 도착한 야간열차에서 내린 여객들이 분산되는 역전 광장 전찻길 앞에서 마주 서 있는 이애리와 송찬을 본 순간 알지 못할 무거운 죄의식(罪意識)에 사로잡힌 석운은 무질서하게 흩어지는 택시들 사이로 얼른 몸을 감추고 말았다.

지나간 날 하나의 성실한 작가로서 또는 인생의 선행자(先行者)로서 애리의 불우한 운명을, 송찬의 젊음을 진실하게 상담할 수 있었던 것도 생각하면 김옥영이라는 여인 하나의 애정과 강석운의 애정이 결합된 발판 위에서 성립될 수 있었던 대인 관계일 수밖에 없었다.

한 여자가 주는 아늑한 애정의 행복 속에서 남편은 네 아이의 좋은 아버지가 될 수 있었고 선량한 시민이 될 수 있었고 성실한 작가도 될 수 있었다.

그러나 그 애정의 발판이 산산이 부서져 나간 지금에 와서 아는 얼굴을 만난다는 것은 더구나 애리나 송찬 같은 사람들을 만난다는 것은 아내 옥영의 조그마한 분신이라도 어쩌다 우연히 마닥드린 것만 같아 무섭다.

그래서 석운은 문을 열고 기다리는 빛 낡은 시보레 한 대에 올라탔다.

「합승입니다.」

조금 전 이차로 송찬이가 왔고 바로 지금 자기가 앉았던 쿠션이 그 자리라는 것을 까맣게 모르고 앉은 석운에게 운전수가 말했다.

『여보! 돈 치루겠오. 종로 사가……』

손님을 기다리던 조수를 태우고 차는 전찻길로 슬금슬금 나섰고, 이미 자기에겐 피서 여행의 고달픔 속에서도 즐겁게 꿈꿀 수 있는 귀로(歸路)의 행복 같은 종류의 감정은 아득히 사라져 버렸다고 눈을 감아 버렸다.

슬금슬금 군중을 헤치며 나가던 차가 남대문 쪽으로 머리를 둔 채 빠져 들어갈 사이가 없이 분주했다. 그러고 있는 낡은 시보레 옆으로 엷은 감색의 박카아드 한 대가 미끈한 차체를 나란히 하여 왔다.

만일 지금 완만한 블루스가 새어 나오고 있는 신형 박카아드 속의 애리가 싸이드 글라스로 고개를 돌렸거나 강석운 역시 좀 더 감정에 여유가 있었더라면 지금 막 여름 밤이 무겁게 내려앉은 페이브 위로 두 줄기 헤들라이트를 눈부시게 뿜으며 앞서버린 박카아드는 서 버리고 말았을 것이다.

그러나 석운이 고개를 돌려 거리를 본 것은 박카아드가 이미 앞서버린 뒤였다.

『괴로운 일이다!』

자신의 초기 작품 속의 주인공들이 꿈꾸고 사랑하고 안타깝게 인생을 체험하다 돌아간 남대문통을 자기 위치를 상실한 작가 자신이 쓸쓸히 내다본다는 것은 괴로운 일이었다.

『아아!』

그때였다. 박카아드의 속력이 주는 십여 메터의 거리 사이로 지금 들어서려는 승합 뻐스. 그 뻐스가 남긴 몇 명의 피곤한 그림자들 중에서 설백처럼 흰 머리털을 한 노교수의 여윈 얼굴 하나가 휙 스쳐간 순간 석운은 고개를 푹 수구리고 말았다.

『아 아버님께서 어떻게 이렇게 밤 늦게…… 아니? 아아……』

그렇다. 자기가 포항 여관에 있다는 소식을 영림의 연락으로 아시고 어젯밤 차로 내려오셨다 기운없이 돌아오시는 강학선 교수라고.

『그렇게 근엄하신 아버님께서.』

석운이 애써서 묵살하려던 윤리가 가슴을 쾅쾅 처왔다.

영림이가 행복한 기억 속에 떠난다고 떠나버린 새벽에

석운도 영림이도 없는 포항 여관에 더 있기가 싫어서 그날 아침 뻐스로 대구에 나왔고, 어젯밤을 고뇌 속에서 밝힌 석운은 오늘 대구를 떠나온 길이었다.

박카아드는 어디쯤에선가 놓쳐 버리고 낡은 시보레는 종로로 들어서고 있었다.

화신을 좀 지나서 석운을 남긴 차는 어둠 속으로 사라져 갔다.

『걸으면서……』

걷기라도 해보지 않으면 견딜 수가 없을 만큼 석운의 감정은 다급해져 있었다.

어두운 대기 속을 석운은 휘청휘청 걸어간다. 파고다 공원 앞이였다.

그러는 그의 앞으로 지금 공원에서 저녁 산보라도 하고 나오는 듯한 중년 부부의 도란거리는 소리가 희미하게 왔다. 정감도 왔다.

『괴로운 기억…… 행복했기에, 너무나 행복했기에 괴로운 기억이다.』

연애를 연애하는 젊은 애인들처럼 팔 한짝씩을 나란히 끼고 걸어가는 어느 행복해 보이는 중년 부부 뒤에서 석운의 너무나 생생한 그런 종류의 과거가 또렷또렷이 살아오고 있었다.

『여보오! 이런 밤엘랑 차 타지 않아도 되죠?』

자주 나오지 못하는 문 밖 출입이니, 오늘 저녁엔 혜화동 집까지 사뭇 걸으며 같이 얘기나 하자는 옥영의 말이었다. 이런 종류의 말은 명동엘 나가는 날 밤엔 진고개에서 났고 광화문에서도 났고 동대문에서도 났다.

영화를 보고 나오는 젊은 애인들처럼 그들 부부에겐 화제의 빈곤이 없었다.

얘기하며 걷다가 배가 고프면 밤이 늦은 양식집이고 화식집이고 때로는 눅거리로라도 배를 채우면 되었다.

『여보! 남들은 살기 위해 먹는다는데 난 당신과 얘기하려고 이렇게 먹으니 그럼 난 얘기하기 위해서 사는 사람인가 봐! 후훗.』

어두운 밤하늘 사방에서 꼬리를 잘린 은어처럼 옥영의 「후훗」거리는 웃음 소리가 뿌려져 오는 것만 같았다.

『아…… 옥영이!』

사가까지 걸어온 석운은 대학가로 곧장 걸어가고 있었다.

『옥영이! 결국 나는 나쁜 사람이 돼 버리고 말았지만 당신만은 제발 아이들 곁으로 와 주시오!』

자기는 제 손으로 가정낙원을 부수고 나왔지만 아내 옥영이만은 부서진 낙원을 매만지며 쓸어 주었으면 얼마나 고마운 일이냐고 본능적인 한 가닥이 솔직히 외치고 있었다.

「지금 이대로라도 옥영이가 있을지도 모르는 집으로 달려가 볼까?」

막상 혜화동 로터리까지 왔지만 옥영이 앞으로 간다고는 생각할 수 없었던 석운이었다.

「너무나 소중한 당신을……」

영림이 같은 구슬에 비기며 잊어버렸더냐고 석운의 애욕 행로엔 절실한 후 회의 감정이 결실되어 있었다.

「아, 술이라도 좀 마셔보자.」

석운은 로터리에서 조금 들어간 한길 가에 불빛이 새어 나오는 꼬치 안줏집으로 들어갔다.

정종 한 컵을 마시며 생각해 보니 지나간 초하(初夏) 세검정 숲 속에서 영림과 첫 포옹을 나누며 돌아오던 날 밤 아내에의 범죄 의식과 자신의 인생에 위기를 후딱후딱 느끼며 까다로운 지성을 무마하기 위하여 술을 듬뿍 취하도록 마신 집이 이 집이었다.

「안 됐읍니다! 술 그만 두겠오.」

눈이 둥그래진 주인 앞에 정종 반되 값을 집어 주고 석운은 곧장 나오고 말았다.

「비록 옥영은 만날 수 없더라도 야쓰데를 가꾸며 낙원을 잃지 말자던 그 집이나 보고 돌아서자.」

거기서 얼마 가지 않아서 도선이 동무 창길이네 집.

「아……」

마침내 석운은 아직도 불빛이 새어 나오는 이층을 바라보며 우뚝 섰다.

우뚝 멈춘 돌부처의 자세로 담 너머 이층을 바라보고 섰는 석운에게 지나간 날의 고즈넉한 행복들이 다급한 감정의 기억으로 밀물쳐 왔다.

「옥영의 평온한 숨결이 묻혀 있던 팔조방……」

그 방엔 지금쯤 자기가 그렇게 뿜어내던 자옥한 담배 연기도 너저분하게 흐트러져 있던 원고 뭉치며, 잉크병, 재떨이, 담배 갑, 라이터, 위스키 병, 잡지 나부랑들의 어수선한 기억도 옥영의 투명한 감정 속에서 가물가물 쫓겨 났을 것이라고 석운은 안타깝게 문 앞으로 다가섰다.

대문엔 언제나처럼 엷은 펭끼 칠을 한 창살이 있었다.

「옥영이가 있을 집이다. 경숙이, 도선이, 도현이 일곱

살 짜리 혜숙이가 있을 집이다. 아?」

야쓰데를 가꾸며 아침 저녁 맏딸 경숙이가 치는 피아노 소리를 들으며 아내의 쿡쿡대는 웃음 속에 몇 년이고 살아 갔으면 얼마나 좋았을 것이냐고 석운은 문살 틈으로 그 집안을 들여다본다.

푸른 숲 속에 잠들은 정원엔 달빛이 내려 쏟고 있었다.

등나무 그늘옆에 자그마한 돌산…… 그 돌산엔 삼방약수(三防藥水)터며 석왕사(釋王寺)로 싸돌아 다니던 옥영과의 줄거운 약흔시절 이곳 저곳에서 주워모은 기념석(紀念石)들도 있을 것이라고,

「요, 깜정 돌은 아마 명사십리(明沙十里)의 훈장일 거야.」

주먹만한 곰보 돌 하나가 애정의 훈장(勳章)이라고 어느 일요일 아침 연못에 물을 뿜으며 우쭐대던 옥영의 행복이 잠들은 그 돌산 곁엔 조그만 연못도 있었다.

「아! 별빛 속에 잠든 연못……」

옥영의 시심(詩心)이 곧잘 종알대던 그 연못엔 오늘 밤 혜화동의 하늘 위로 총총한 별빛들이 고요히 쏟아지고 있었다.

「지금쯤 옥영의 별도 저 연못 속에 잠들어 있을 테

지……」

멍하니 무수한 별들이 잠긴 열 여섯 평의 연못 속을 들여다보며 석운은 울고 있는 것이다.

「저 오리온 성좌 넘어 그중 초록으로 빛나는 별은 당신 별이야!」

석운이가 일러 주었던 옥영의 그 초록별도 연못 속엔 있었다.

「옥영은 초록별……」

밤하늘의 무수한 별무더기처럼 수 많은 여인 중에서 단 하나 초록별인 아내 옥영!

「아! 나는 다시는 그 별빛을 내 가슴에 못 맞을 것인가.」

가슴이 아파왔다.

선악과(善惡果) 한 알이 없는 에덴동산을 천사장 미가엘은 그룹 천사들을 두어 아담과 이브를 추방시켰지만 석원의 낙원은 애정의 반신을 잃은 채 고요히 잠들어 있는 것이다.

「옥영이! 날 한 번만 용서해 줄 수는 없오?」

지금이라도 이 이층 가옥 어느 방 안에 옥영의 조그만 몸뚱이가 곤히 잠들어 있을 것만 같아 석운의 손이 하마

터면 초인종 보단을 누를 뻔하였다.

『이대로라도 와락 달려가 레코드를 망가뜨렸던 도현이처럼 옥영의 품안에 안기워 앞으로는 정말 당신만을 사랑하며 살아가겠다고 발버둥치고 싶은 이 절실한 마음을……』

옥영은 절대로 용서할 수 없을 것이라고.

『일시적인 바람보다는 진실한 연애를 하라고…… 그러나 그때는 이미 강석운과 김옥영은 남남이라고 말하던 옥영이!』

석운은 문 앞을 떠나며 어두운 담장 밑을 뚜벅뚜벅 걸어갔다.

그러나 몇 발자국 가지 못해서 자기 집 앞에 멎는 발소리를 들으며 석운은 허둥지둥 창길이 네 문앞으로 숨어버렸다.

자기 집 문 앞에서 멈추는 발소리에 석운이가 허둥지둥 이웃집 문 앞으로 숨은 뒤 이제까지 석운이가 서서 별빛 속에 잠든 정원 연못을 바라보던 자리엔 하얀 하복 (夏服)을 입은 여학생 하나가 식모가 나오기를 기다리고 있었다.

『경숙이가 아닌가.』

자신들만의 애정이 중요해서 네 아이들을 팽개처버린 채 아버지와 어머니는 뿔뿔이 사라져 갔지만 굳세게 살아서 부모가 없는 동생들을 누구보다도 훌륭하게 키워보겠다던 맏딸 경숙이……

지금이라도 등 뒤로 달려가 경숙아! 아빠가 왔다고, 이제부턴 너희들 하고만 살 아빠가 왔다고, 고 조그만 몸뚱이를 붙잡고 힘껏 안아 주고도 싶었지만 석운의 너무나 강렬한 죄의식이 후들후들 떨고 있는 그를 놓아 주지 않았다.

그때 현관 문 소리가 나며 아이들의 떠들썩 한 인사 소리가 담 너머 석운에게 왔다.

뜰에 밟히는 신발 소리도 났다.

『몹시 피곤하실 터인데 아버님! 돌아가실 때 택시라도 하나 잡으세요.』

조용한 목소리였다.

『아! 옥영이가 돌아와 있었구나! 나를 용서할 수 없었던 옥영이가.』

석운은 창길네 집 대문에 기대선 채 조용히 눈을 감았다.

『옥영이! 당신의 의지가 너무나 고맙소!』

담 너머로 또 목소리가 왔다 이번엔 강교수의 조용한 목소리였다.

『그러니 너무 상심 말고 조용히 기다려 보자. 그렇게 며칠 기다리노라면 하늘의 의지가 어떡하든 귀결지어 주시겠지…… 자 그럼 혜숙 어민 들어가 보아라.』

쪽문이 열리며 강학선 교수가 나오고 옥영이도 따라 나왔다.

『할아버지! 언제 오셨어요?』

경숙이가 강교수의 손 하나를 잡았다.

『오냐 경숙이었구나. 오늘 밤 차로 닿았다.』

『그래 포항서 아버지 만나 보셨어요?』

강학선 교수를 오뚝이처럼 바라볼 경숙이의 눈동자가 석운의 가슴에 그대로 날아왔다.

『이번 포항은 헛행이 됐나보다. 나도 돌아가고 정릉 할머니도 목이 빠져라 네 아비를 기다릴 텐데……』

강학선 교수의 뒤를 옥영이가 잠자코 고개를 숙인 채 따르고 경숙이는 강교수 옆에서 무어라 종알대며 골목 밖까지 전송을 나가는 모양이었다.

이윽고 로터리에서 차 멎는 소리가 나고 크락숀도 울었다.

『아버지가 돌아오셔서 아들의 기별을 전하기를 꼬박 기다리실 어머니……』

우욱 하고 멎었단 뗑뗑…… 뗑하며 우루루 종점으로 달려가는 밤전차 소리가 그대로 석운의 가슴 복판으로 울려왔다.

그때 옥영의 나직한 소리가 밤 공기를 타고 왔다.

『퍽 늦었구나…… 밤길에 조심해야겠다.』

『오늘은 피아노를 좀 더 오래 치느라고 이렇게 늦었어요.』

발 소리가 멎고 쪽문 닫는 소리가 나더니 다음 말은 뜰 안에서 났다.

『내일부턴 좀 덜 치구라도 너무 늦질랑 말아라.』

『네! 그렇지만 괜찮아요. 근데 엄마! 우리 아빠가 어쩌면 그럴까…… 난 우리 아빠가 너무나 밉지만, 엄마 그래도 단 한 번이라도 보고 싶어요. 엄만 안 그래?』

말 소리들은 사라져 갔다.

창길네 문 앞에서 석운도 나왔다.

『아! 나쁜 아버지!』

나쁜 사람보다는 나쁜 아버지의 감정이 휘익 가슴을 쳤다.

석운은 고개를 푹 파묻고 집 앞의 가등(街燈) 밑을 지나 지금 막 종전차(終電車)가 오고 있는 로터리로 나왔다.

피곤한 하루의 생활을 마지막 싣고 가는 전차였다.

이내 차는 종로 쪽으로 대학가로를 우루루 몰려 갔고 석운은 적적한 야경(夜景)속으로 무거운 고개를 돌렸다.

거기, 일과(日課)를 마친 거리 너머론 혜화동 일대의 등불들이 여름 밤의 창 밖으로 껌벅껌벅 명멸(明滅)하고 있었다.

『아…… 젊음에의 노스탈자가 벗어 던진 잔해(殘骸)!』

누구의 외로운 임종이라도 증언하는 듯 껌뻑대는 창 밖의 불빛들을 보며

석운의 고독이 몸부림치고 있었다.

『나에겐 재치가 없었다. 누구나 겪어야 되는 사십대의 위기 하나를……』

어쩌다 이렇게 서투르게 처리했기에 사랑하는 아내와 가정을 등지면서까지 이 밤중에 어디로든 쫓겨가야 되느냐고 차가 종로 사가에 멈추자 석운은 내려서고 말았다.

『결국 자신에게 너무나 솔직하게 충실했기에……』

그러나 그것은 이런 종류의 불행만 남겨놓았다고 석운의 지성은 좀 더 계산이 있었어야 되었다고 한 가닥 후회

가 준렬히 항의해 왔다.

『대체 세상의 남편들은 이런 경우의 불행을 어떻게 해결하여 왔는가.』

아니, 그것은 꼭 불행이어야만 하느냐고.

『한 사람의 인간이, 더우기 나 한 사람의 작가가 언젠가 한 번은 격어내야 할 하나의 시련(試鍊)으로 생각할 수는 없는가? 그렇다면 자기 인생의 성장을 의미하는 이런 종류의 체험은 반드시 불행이라고 규정할 수만은 없지 않은가?』

순간 기억 속의 옥영이 목소리 하나가 날아왔다.

『당신이 한 사람의 위대한 작가가 되어 주는 것보다는 이 조그만 가정 속에서 좋은 아버지 좋은 남편이 되어 주는 편을 난 택하겠어요.』

어느 컴컴한 골목으로 들어서며 석운은 힘차게 고개를 젓고 있었다.

『그렇다! 작가의 성장? 잔인한 궤변이다! 악마의 자위다! 그렇다면 나를 이 불행의 구렁이에서 구원할 수 있는 것은 무엇이냐?』

「김옥영!」── 자신보다도 그것은 옥영일지도 모른다, 고 석운은 생각해본다.

『그것은 정확한 감정이다.』

고영림과의 애정의 자세를 이제 정밀하게 분석해 본다면 거기엔 실로 몇개의 우발성을 띠울 수 밖엔 없는 것이었다.

『거울을 여들다보며 한 가닥 두 가닥 변색하는 머리카락에서 잠간 잠간 느끼던 내 인생에서 슬픔과 그로해 움터 온 젊음에의 강렬한 향수 때문에 거기엔 고영림이라는 영롱한 구술이 아니였더라면 좀 더 다른 형태의 여유가 있었을 것이다. 강석운의 인생에 고영림의 감각이 오지 않았더라도 되었지만 젊은 육체를 가진 영림의 투명한 지성과 줄곧 같이 있는 동안에는 실은 언젠가 영림과는 헤어짐이 있으리라는 잠재의식을 보중할 수는 없는 것이었다. 그러나 그것보다도 좀 더 중대한 사실은 젊음에의 향수 고영림이와의 관계고 모두가 김옥영이라는 여인의 십 팔년이라는 시간을 두고 줄기차게 뻗어온 애정을 상실할 것을 계산에 넣은 행동은 아니었다.』

그것이 비록 자학을 의미할지라도 모성애 만을 가지고도 집으로 돌아올 수 있었던 옥영이면 자기의 잘못을 용서 받을 수 있을지도.

『그렇다! 나의 불행은 옥영에게서 해결을 볼는지도

모른다.」

두 시간 전 어두운 거리를 걸어가며 느끼던 불안한 감정은 옥영에의 기대로 점점 순화되어 가고 있었다.

그때 싸이렌 소리가 요란하게 울려왔고 내일에의 기대로 가슴이 벅찬 석운은 그 골목 막바지 「신생」(新生)이라는 여관을 찾아 들어갔다.

요란스러운 펌푸 소리와 더불어 여관집의 아침은 밝았다.

석운은 자리에 누운 채 담배 연기를 푸우푸 내뿜고 있었다.

「나는 한 여인의 뿌리 깊은 애정을 배반하고 십 팔년 동안이나 지켜 온 가정을 파괴해버린 죄인이다. 그러나 나는 지금 속죄의 가능을 상실한 그런 불행한 죄인은 아니다.」

아내와 아이들이 있는 가정으로 돌아가서 속죄의 길을 찾을 수 있는 위치에 지금 자기는 놓여졌다고.

「그렇다! 잃어버린 낙원을 찾자. 비록 멍들고 깨어진 낙원일망정 사랑하는 아내, 귀여운 아이들이 있는 그곳에만 이 강석운의 행복은 잠들어 있을 것이다.」

돌아가서 그 멍들고 깨어진 상처를 매만지며 이전보다

더 열심히 가꿈으로써 「가정낙원」을 재축하느라면 옥영에의 속죄의 길도 되어 줄 수 있을 것이라고 석운은 타월을 목에 걸고 세수터로 나갔다.

우물 곁엔 칸나가 한 포기 아침 햇살을 눈부시게 받으며 화려한 화판을 사랑하고 있었지만 석운의 감정은 평온하게 정리되어 있었다.

「돌아가선 좀 더 열심히 정원을 매만지고 야쓰데를 가꾸자.」

온 몸에 새로운 행복이 우수수하니 오는 듯했다.

「옥영이! 지나간 날의 과오는 참회로 씻을 수는 없는 것이지만 그러나 옥영이 나빴던 나를 한 번만 용서함으로써 내 손으로 놓쳐버린 행복을 내 손으로 잡을 수 있게 해 주오.」

석운은 조반상을 그대로 물리고 부랴부랴 신생 여관을 나왔다.

「어젯밤에 연못에 떴던 초록별 하나를 오늘 나는 놓쳐서는 안 된다.」

옥영을 만나는 순간 석운의 새로운 운명이 결정지어질 것이라고.

「하늘이여!」

별을 잡을 수 있는 쪽의 운명을 석운은 절실히 기원하는 자세로 걸어가고 있었다.

골목을 빠져 나온 석운은 무수한 생활인들이 흩어져 가고 있는 포도(鋪道) 위를 걸으며 일찌기 맛보지 못한 하나의 선량한 시민으로서의 행복한 가정을 금새 느끼고 있었다.

그렇게 걷고 있는 그의 곁으로 달려오던 택시 한 대가 삐꺽 하고 멎었다.

『강선생님!』

『?..........』

얼른 돌린 시야로 문을 열고 뛰어 내리는 청년의 얼굴이 들어왔다.

『아, 송찬군!』

『선생님!』

『..........』

정에 격하여 송찬은 석운의 손목 하나를 와락 잡았다.

『..........』

『그러잖아도 지금 미아리 나가는 길에 선생님댁에도 들리려던 참이었어요. 하여튼 선생님 가시면서 말씀하시죠.』

「…………」

석운은 잠자코 큐션에 송찬과 나란히 앉았다.

「선생님이 돌아오셨을지도 모른다는 말 어젯밤 이애리한테 들었어요.」

그것을 알고 있는 석운은 말이 없다.

「그런데 밤 열시쯤 사모님께 전화로 여쭈었더니 선생님은 그렇게 속히 돌아오실 분이 아니라고요.」

차는 이화동을 지나고 있었다.

「송군! 여러 가지로 고맙소. 그러나 우리 얘기는 내일 합시다. 난 오늘 누구와 한가한 얘기를 나눌 수 있는 마음의 여유가 없는 사람이요.」

혜화동 로터리에 다 오도록 둘은 곧장 앞만 바라보고 있었다.

「자! 운전수 양반, 여기서 멈춰 주시오. 그리고 송군은 미안하지만 여기서 내리지 말고 이대로 돌아가 내일이라도 또 들려 주게!」

「알았읍니다. 저는 이 순간의 벅찬 기쁨을 무엇이라고 말씀드려야 좋을지 모르겠읍니다. 그러면 다시 뵙겠읍니다.」

석운은 정문 앞에서 내리고 송찬을 태운 차는 가까스

로 빠크를 하여 로타리로 나갔다.

「아! 낙원을 찾아야 한다! 별을 잡아야 한다!」

석운은 가슴 깊숙히 심호흡을 하며 정문을 들어섰다.

마당이며 꽃밭은 언제나처럼 깨끗하게 손질되었고 연못 가의 야쓰데 화분도 눈에 띄었다.

「아, 선생님!」

현관 문이 열리며 늙은 식모의 놀라는 목소리가 났으나 마당 한 가운데 우뚝 멈춘 돌부처의 자세로 석운은 잠자코 이층만 바라보고 있었다.

「아!……」

그러나 반쯤 열린 이층 창안에도 오뚝이처럼 반듯하게 선 옥영의 상반신이 오둘오둘 떨리는 눈동자로 마당 복판의 석운을 내려다보고 있었다.

「아!……」

조금 전 택시의 크락숀 소리에 휙 하고 온몸을 스처가는 육감하 나를 느끼며 옥영이가 창너머를 본 순간.

「그이가 오셨다!」

마침내 옥영은 병어리처럼 오뚝이가 되어 있었다.

「도선 어머니!」를 부르는 식모의 소리를 분명히 들으면서도……

『옥영이가, 옥영이가 나를 보고도……』

그러나 자신도 대화를 잃은 채 옥영이가 서 있는 창 속만 석운은 올려다본다.

『어쩌다 우리들이……』

이렇게 안타까운 해후(邂逅)를 갖지 않으면 안 되었더냐고 마침내 이층 위 오뚝이의 고개가 툭 하고 꺾어지고 말았다.

『아! 옥영이!……』

창가에 섰던 옥영의 상반신은 휙 뵈지 않고 석운은 눈물을 주룩주룩 뿌리며 현관으로 뛰어 들어갔다.

『옥영이 내가 왔오.』

석운은 잃어버린 별을 잡아야 한다는 다급한 심정으로 층계 위를 성큼성큼 뛰어 올랐다.

『옥영이!』

지난 날의 석운의 서재…… 아직도 원고지들이 쌓여 있는 책상 위에 고개를 파묻고 옥영은 울고 있었다.

『나는 죄인이 되었오! 옥영이 내가 왔오. 당신이 너무나 너무나 보고 싶어서 왔오! 옥영의 흐느적 거리는 두 어깨를 석운은 잡았다.』

『아아…… 여보!』

마침내 눈물 젖은 얼굴로 옥영은 석운의 가슴을 무섭게 파고 들었다.

『옥영이, 용서…… 한 번만 용서해 주오!』

석운도 옥영의 머리 위에서 서글피 울고 있었다.

『조금도 거짓 없는 진실이 있다면 옥영이, 당신만이 내 사랑일 수밖에 없었다는 것이오. 옥영! 고영림이라는 젊은 이성에게 끌리워 간 것은 애정의 발판보다는 한낱 젊음에의 향수였오. 어느 것이 진실이고 무엇이 두려운 일인지도 모르고 그렇게도 뿌리 깊이 간직한 당신의 사랑을 잃었었오. 그것은 곧 내 인생의 파멸이라는 것을 내가 알았을 순간은 아!……옥영이 나는 불행히도 감각의 노예인 나를 발견한 순간이었오! 결국 나는 나쁜 인간이요, 나쁜 남편이요, 나쁜 아버지요!』

그때야 무섭게 울어 대던 옥영의 울음 소리가 점점 꼬리를 잘려가며 석운의 가슴을 조용히 밀어왔다.

『언젠가 당신이 말씀하신 것처럼 인간의 역사는 참회로 메꾸어질 수는 없을 것 같아요.』

석운의 가슴을 조용히 떠밀은 옥영은 창가로 일어 섰다.

『아…… 옥영이 너무나 너무나 잘 알고 있오! 인간의

역사는 참회로 메꿀 수는 없는 일이오…… 그러나, 그러
나……」

언어를 잃었다. 무슨 말이든 이렇게 용서를 바라고 싶
은 절실한 감정을 표백하여야겠다고 가슴은 소리쳐 오지
만 석운의 논리가 질서를 잃으며 꿇어앉은 자세로 옥영
의 손목 하나를 와락 잡았다.

「옥영이! 내가 감히 옥영에게 용서를 바랄 수 없다는
것도 잘 알고 있지만…… 아 지금 이 순간에 용서를 바라
는 내 마음은 진실이요!」

옥영의 야들야들한 손목 하나가 석운의 눈물 젖은 볼
위에서 무섭게 비벼지고 있었다.

「지금에 와서는 당신을 용서해 드리고 안 해 드리고
하는 것이 그렇게 큰 문제가 아닌 것 같아요.」

옥영은 창 너머 하늘로 시선 하나를 던질 수 있는 마음
을 애써서 회복하며 분명한 대답을 했다.

「아니, 그것은 무서운 말이오! 지금 내게 있어선 그것
만이 중대한 의미를 가지고 앞으로의 내 인생 태도를
결정지워 줄 것이오.」

「그런 말씀 저도 알고 있는 것 같아요. 그러나 저는
지금 당신의 행동의 결과를 가지고 말씀드리는 것보다는

어쩌면 당신 같으신 분으로도 그런 행동을 하지 않으면 안되었던가…… 하는 행동의 본질부터 생각하고 싶어요. 본래부터 헤실펏던 사람이라면 비극의 종류가 틀리지만 당신의 애정 당신의 성실을 가지고도 결국 나쁜 남편이 되지 않으면 아니되었다는 사실 —— 그런 비극적인 사실을 생각하면서 결혼 생활의 허무, 뭇 아내들의 불행한 운명을 뼈저리게 느끼고 있는 거예요.」

「아……옥영이!」

옥영은 지금 강석운 대 김옥영의 문제를 생각하는 것보다도 좀 더 깊이 남편 대 아내의 문제를 처리하고 있는 것이라고 아내의 불행한 논리가 석운의 가슴에 파동쳐왔다.

「세상에 남편들이야 어쨌든 당신 하나의 성실한 애정만을 믿고 왔던 저로서는 당신의 일로하여 하나의 인간이 성실과 노력하려는 의미를 가지고도 처리할 수 없었던 인간적 운명의 비애를 느끼기에 먼저 허무의 열매밖에 가져올 수 없는 아내들의 서글픈 애정이 좀더 가슴에 왔고 여인이라는 이름의 운명이 좀더 괴롭게 가슴에 왔어요. 때문에 저는 지금 당신의 지나간 행동을 큰 죄악처럼 용서해 드리고 싶은 마음도 용서 못해 드리겠다는 마음은 별로 없이 이만큼이라도 조용할 수 있는지 몰라요.」

「아니요 옥영이!」

석운도 창가에 옥영이와 마주 서며

「내가 나쁜 놈이 되어서 그런 거지, 인생 그 자체에 대해서 절망을 가질 필요는 없는 거요.」

「아냐요! 그것도 당신의 겸손인 것 같아요. 나에게 삶에 대한 희망과 인생에 대한 이상을 포기하지 않게 하기 위하여 하시는 말인 줄로 알아요. 저도 지나간 날, 온실 속에서 지나던 때 와는 달라요. 절망과 허무 애정의 댓가는 결국……결국……」

그것 뿐인가봐요! 라는 말을 옥영은 종내하지 못하고 커튼에 고개를 파묻은 채 흐느끼고 말았다.

「아……그러한 허무감을 당신에게 주지 않기 위하여 열심히 노력하던 나였는데……」

이렇게 울리고야 말았다고 사십대의 인생이 후딱후딱 느끼는 젊음에의 강렬한 노스탈지어 그 —— 인생의 위기 하나를 극복하지 못한 사나이의 손이 밤 하늘의 수많은 별들 중에서 단 하나 영혼의 별일 수 있는 여인의 등을 힘있게 눌러 왔다.

『당신은 신이 아니고 인간인 고로, 그보다도 사나이인 당신에게 절대적인 것을 강요한다는 것은 죄악일는지 몰라요.』

파란 커튼으로 얼굴을 감싸고 흐느끼던 옥영이가 석운의 뜨거운 손을 뒤로 느끼며, 결국 강석운의 노력도 성실도 그가 인간이라는 이름의 아들인 이상 절대적일 수는 없는 것이라고 또 그것을 바라는 것은 여인이라는 운명의 공통된 에고(利己)일 뿐이라고, 한 마디 한 마디 분명한 자기증언(自己證言)을 합리화하고 있었다.

이렇게 사물의 본질을 추구하며 꼬치꼬치 해부해 놓고야 만족하는 옥영에게서 언제나 한가닥 존경과 깊은 애정을 느껴오던 젊은 날의 석운이었고, 그러한 옥영의 이성이 성숙하는 연륜과 더불어 보다 더 깊은 인생의 수련을 겪으며 하나의 또렷한 자기 세계를 구축하였고 이 순간에 그러한 옥영을 석운은 숨가쁘게 감사하는 것이었다.

『옥영! 당신의 이해 깊은 한 마디 한 마디에 머리를 숙일 따름이요. 진정으로 진정으로 옥영! 나는 당신 옆에 일생을 푹 파묻고 싶은 감정만이 지금의 내심경이요. ……앞으로도 이 마음에 변함이 없을 것이라는데 조금의 거짓이 없오!」

「이전에도 당신은 변함이 없겠다고 저에게 여러 변 여러 번 맹세하시군요.」

옥영은 그것이 서러워 커튼 자락 사이로 무섭게 고개를 파고 들고 말았다.

「아 옥영! 그러나 그 때는 나도 모르는 불평이 마음 한 구석에 도사리고 있었오. 그것이 비록 막연한 하나의 동경 같은 종류였지만 그러나 그 한가닥 동경은 마침내 성장하고 죄악을 결실하고 말았오. 그러나 지금은 진정이오. 조그마한 잡념이 없는…… 내 진실한 증언이오!」

「이 순간에 저도 당신의 심경을 너무나 잘 알 것 같습니다. 결국 제가 인간을 몰랐던 탓인가봐요.」

「옥영!」

석운은 커튼 속에 파묻힌 옥영의 고개를 힘껏 끌어 안으며 도리도리를 해버렸다.

「옥영이가 인간을 몰랐던 때문보다도, 좀 더 내가 인간을 그릇 안 때문일거야.」

「아 여보, 제 마음 한 구석에서 당신을 허용 못하겠다고 기를 쓰기도 합니다만, 또한 당신의 옆이 얼마나 다사롭고 그리운 것도 진정이에요!」

『아 옥영! 옥영!』

석운은 포옹하는 옥영의 체열 속에서 강석운의 가정 낙원이 재생될 수도 있다는 우루루 떨려오는 행복 하나를 후딱후딱 느끼는 것이었다.

『옥영! 고맙소.』

『그러나 여보! 이와 같은 당신과 나의 감정과 대화만으로써 우리들의 가정낙원이 재생 될 수 있는 희망 위에 서기는 하였지만, 그러나 아무래도 그것이 곧 가정낙원의 원상을 회복한다고는 생각되지 않아요…… 이제부터 당신과 나는 깨진 그릇이나마 마주 붙여서 힘껏 붙들고 나가야해요.』

옥영의 말끔히 눈물을 거둔 얼굴 하나가 석운의 턱 밑에서 하나의 불타오는 의지의 표정으로 오똑 서 있었다.

『옥영! 그래요. 부지런히 가정낙원을 가꾸기로 우리 서로 노력합시다! 그동안 당신의 별빛을 아득히 바라보면서 나는 좀 더 당신의 별빛을 아득히 바라보면서 나는 좀더 당신이 얼마나 소중했던가를 배울 수 있었고, 지나간 십 팔년 동안의 우리 고즈넉한 행복 속에 잠들었던 생활이 얼마나 귀중하게 보배로웠나를 너무나 너무나 값비싸게 배우고 온 나요. 옥영의 정원을 들어 설 때 아침 이슬을 받고 짙푸르게 뻗어 간 야쓰데를 보며 이제는 정말 열심히 당신이 그 동안 매만지던 야쓰데를 가꾸겠다고 맹세했오.」

『당신의 그 말씀 제게도 커다란 힘이 되어 줄 것 같아요. 이제 당신도 나도 더 열심히 노력하며 일할 수 있을 거에요.」

『옥영이! 정말 그럴 것 같소.」

그때 성당에서 돌아오는 아이들의 대문 소리가 들려오고 둘이서 내다보는 정원 뜰엔 야쓰데가 짙푸르게 자라나 있었다.

김내성

(金來成, 1909~1957)

소설가. 호는 아인(雅人)

한국 추리소설의 개척자로 알려져 있다.

1909년 평안남도에서 태어난 김내성은 평양공립고등보통학교를 거쳐 일본 와세다대학 독법학과를 졸업했다. 당시에는 최고의 명문 학부를 졸업해 법관이나 변호사로 보장된 길을 갈 수 있음에도 추리소설가로서의 길을 선택한 것은 대단히 이례적이고 파격적인 일이다. 대학에 재학 중이던 1935년에 일본 탐정소설 전문잡지 『프로필』에 「타원형의 거울」을 발표했다. 이후 탐정소설 작가로서 이름을 알린 김내성은 한국 추리소설의 터전을 닦은 명실상부한 우리나라 최초의 본격 추리소설 작가이다. 한국 추리소설의 아버지라고도 불리는 김내성의 소설 때문에 종잇값이 올랐다는 말이 있을 정도로 당대 최고의 베스트셀러 작가였고, 『마인』, 『청춘극장』, 『쌍무지개 뜨는 언덕』, 『실락원의 별』 등 어린이 모험소설과 라디오 연속극, 대중소설에까지 그 명성을 떨쳤다.

큰글한국문학선집 058-3: 김내성 장편소설

실락원의 별 3

© 글로벌콘텐츠, 2019

1판 1쇄 인쇄__2019년 09월 23일
1판 1쇄 발행__2019년 09월 30일

지은이__김내성
엮은이__글로벌콘텐츠 편집부
펴낸이__홍정표

펴낸곳__글로벌콘텐츠
      등   록__제25100-2008-000024호
      이메일__edit@gcbook.co.kr

공급처__(주)글로벌콘텐츠출판그룹
      주소__서울특별시 강동구 풍성로 87-6
      전화__02-488-3280   팩스__02-488-3281
      홈페이지__www.gcbook.co.kr

값 21,000원
ISBN 979-11-5852-259-9 04810
      979-11-5852-257-5 04810(세트)